KB113300

세계 최고의 동화는 이렇게 탄생했다

FANTASTIC MR. DAHL

Original English language edition first published by Penguin Books Ltd.
London Text copyright ©Michael Rosen, 2012
The author has asserted his moral rights
Illustration copyright ©Quentin Blake, 2012
All rights reserved
Korean translation copyright ©2016 by Sallim Publishing Co.
Korean translation rights arranged with Penguin Books Ltd.,
through EYA(Eric Yang Agency)

이 책의 한국어판 저작권은 EYA(Eric Yang Agency)를 통해 Penguin Books Ltd.사와
독점 계약한 (주)살림출판사에 있습니다.
저작권법에 의하여 한국 내에서 보호를 받는 저작물이므로 무단전재와 복제를 금합니다.

세계 최고의 동화는 이렇게 탄생했다

마이클 로젠 지음 · **퀜틴 블레이크** 그림 · **박유안** 옮김

ROALD DAHL

THE WORLD'S
★ N°1 ★
STORYTELLER

살림Friends

로알드 달의 좌우명

내 초는 양쪽에서 타들어 간답니다.
아마 오늘 밤도 못 넘길 겁니다.
그러나, 아 나의 적, 오 나의 친구들이여
지금 그 불빛은 얼마나 예쁜지 몰라요!

-에드나 세인트 빈센트 밀레이

누구나 자신만의 방식으로
이야기를 펼쳐 나간다

내가 로알드 달을 처음 만난 건 1980년 어느 텔레비전 프로그램 녹화장에서였다. 그때도 그는 이미 유명 인사였다. 물론 지금처럼 어마어마하게 유명하진 않았지만 말이다. 이미 『제임스와 슈퍼 복숭아』『찰리와 초콜릿 공장』『멋진 여우 씨』를 발표한 그는 막 새 책을 출간한 상태였고, 나도 마침 그랬다. 누군가가 우리 둘 다 엇비슷한 유형의 이야기를 쓰는 작가라고 생각해 준 덕분에 우리는 그날 같은 텔레비전 프로그램에 출연하게 됐다.

솔직히 말해 나는 그때 꽤 들떠 있었다. 어린이 수백만 명이 좋아서 어쩔 줄 모르는 책을 쓴 작가를 만나러 가는 것 아닌가. 그런데 내 옆에는 나보다 훨씬 더 들뜬 동행이 한 명 있었다. 다섯 번째 생일을 앞둔 내 아들 조였다.

여느 녹화장의 경우, 대개는 카메라가 설치되어 있지 않은 대기실 같은 작은 방이 있다. 거기서 자신의 출연 순서를 기다리곤 한다. 그런 대기실을 '그린 룸'이라고 부른다. 방이 죄다 녹색이라서 붙은 이름은 아니다. 조와 나는 그 잊을 수 없는 그린 룸의 한쪽에 앉아 있었고 로알드 달은 우리 반대편에 앉아 있었다. 내가 그토록 열렬히 그를 쳐다보며 인사말을 건넬 기회를 엿보는데도 그는 내게 전혀 눈길을 주지 않았다. 대신 조에게만 이따금씩 눈길을 건네곤 했다. 이런 상황이 한동안 지속됐다. 그러다 문득 로알드는 조의 관심을 끌었다고 느꼈고 조금 후에 단호한 목소리로 이렇게 말했다. "이리 와라."

조는 나를 쳐다봤고 나는 고개를 끄덕여 줬다. 그렇게 조는 방을 가로질러 로알드 달 앞에 섰다. 그를 본 사람은 누구나 그렇게 말하겠지만, 로일드는 징말 덩치가 컸다. 심지어 앉아 있는데도 그렇게 보였다. 긴 다리에 큰 체구, 그 위에 더 큰 머리까지. 어린 아이에게 그는 거대해 보였을 것이다. 진짜 거인처럼.

로알드는 크고 우렁찬 목소리로 조에게 말했다. "네 아버지 얼굴 위에 자라고 있는 저게 대체 뭐니?"

조는 건너편에 앉은 내게로 고개를 돌렸다가 다시 로알드 달을 쳐다보며, 기어들어 가는 목소리로 대답했다. "턱수염 아니에요?"

"그렇지!" 로알드 달이 말했다. "정말 더러워 죽겠구나!"

조는 어안이 벙벙한 눈치였다. '아저씨가 하는 말이 농담일까, 진담일까?' 아이는 웃었지만 그건 머뭇거리는 희미한 미소일 뿐이었다.

로알드 달은 거기서 그치지 않았다. "오늘 아침 먹은 게 아직 저 안에 감춰져 있을지 몰라. 아니지, 어제 저녁 때 먹은 것까지도 간 춰 놨을 걸. 낡은 쓰레기 같은 것도 잔뜩 들었을 거야. 이것저것 닥치는 대로 주워 모은 것들 말야. 네가 잘만 뒤져 보면 아마 자전 거 바퀴도 찾아낼 수 있을 거다."

조는 다시 고개를 돌려 나와 내 수염을 봤다. 내 아들의 표정은 방금 들은 얘기를 어느 정도는 믿고 있다는 걸 분명히 일러 주고 있었다. 로알드 달은 대화가 끝날 때까지 내 수염 안에 뭐가 들었 을 것 같은지 조에게 묻지는 않았다. 다만 그는 확고하고 분명한 목소리로 내 수염 안에 든 게 진짜, 실제로, 아주 단정적으로, 무 엇인지를 말하기만 했다.

바로 그게 로알드 달의 방식이다. 그가 무슨 말을 하면 그건 정 말 정말 확실해 보인다. 아무리 그가 말하는 게 별나고 신기해도, 기이하고 허황해도, 도무지 말도 안 되는 미친 소리라도 말이다.

잠시 후 로알드와 나는 녹화장으로 불려 나갔다. 나는 런던 지 하철에 사는 거대한 벌레가 주인공인 내 책 이야기를 했고, 로알드 달은 바로, 바로 …… 『멍청 씨 부부 이야기』를 소개했다.

하도 오래된 기억이라 분명하진 않지만 그때 사회자가 우리한
테 이런 식의 질문을 던졌다.

"훌륭한 어린이 소설이 되려면 어떤 요소를 갖춰야 할까요?"

로알드 달은 이렇게 대답했다. "무엇보다, 재밌어야죠!"

녹화를 마치고 우리는 그린 룸으로 돌아와 외투를 입고 그곳을
떠났다. 그가 내게 잘 가란 인사를 했는지는 확실하지 않지만, 내
아들 조에게 그런 인사를 건넨 건 틀림없었다. 거기다 근사한 지
혜의 말을 몇 마디 덧붙였다. 그런 다음 그는 허리를 숙여 내 아들

에게 말했다. "그리고 잊지 마라. 네 아버지 수염에 대해 내가 한 말들 말야."

이 책은 세계에서 최고로 뛰어난 이야기꾼의 삶을 다룬다. 로알드 달은 자신의 인생 이야기를 『보이』와 『로알드 달의 위대한 단독 비행』에서 들려준 바 있다. 로알드 달이 그랬듯 나도 그에게 벌어졌던 흥미롭고 기가 막힌 사연들을 여러분께 들려 드리고 싶다. 무엇보다 나는 그의 글쓰기를 아주 꼼꼼히 살펴보고자 한다.

나는 작가다. 그래서 어린이들을 만날 때면 아이들은 내 글쓰기에 대해 묻곤 한다.

"글쓰기를 시작한 이유가 뭔가요? 아이디어는 어디에서 얻나요? 어디에서 글을 쓰나요? 책 한 권 혹은 시 한 편을 쓰는 데 얼마나 오래 걸려요? 다음 책은 무엇에 관한 건가요?"

이 책에서 나는 로알드 달의 글쓰기에 관해 위와 같은 질문을 던지고 답변을 구해 볼 것이다.

거기에 하나 더 덧붙이고 싶은 게 있는데, 그건 앞서 소개한 그 텔레비전 프로그램의 사회자가 알고 싶어했던 것과 엇비슷하다. 로알드 달을 그토록 기가 막힌 어린이 책 작가로 만드는 특별한 요소들이 무엇이고, 그것들이 서로 엮여 어떤 작품으로 영그는지를 살피고 싶다.

이쯤에서 독자 여러분께 경고 한말씀 드리자면, 어떤 것에 대해 진실만 담은 완벽한 글을 쓰기란 불가능하다. 글을 쓰면 늘 뭔가를 생략해야만 한다. 무언가를 집어넣는 일도 흔하다. 아무리 그러지 않으려 애를 써도 뭔가를 바꿔 놓을 수밖에 없게 되기도 한다. 누구나 자기만의 방식으로 이야기를 펼치기 마련인데, 이건 다른 누군가가 그 이야기를 전달할 때와는 똑같지 않다는 뜻이다. 그래서 이 책은 내 관점을 담고 있을 수밖에 없다. 나는 이 책을 쓰기 위해 로알드 달에 대해 내가 읽고 들은 모든 것을 두루 살핀 뒤, 그중 독자 여러분께 들려주고 싶은 이야기를 골랐다. 그리고 나만의 특별한 방식으로 그 이야기를 이 책에 담았다.

글쓰기는 단순하고 자명해 보이지만, 거기엔 늘 겉보기보다 더 복잡한 뭔가가 깃들어 있기 마련이다. 이 책은 바로 그 복잡한 무언가에 관한 책이다. 글쓰기에 관한 책인 것이다.

차례

3부
작가 로알드 달

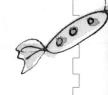

덕워스 버터플라이의 학생들. 로알드 달은 세인트피터스 학교를 다닐 때 이 하우스 소속이었다.

S.t. Peters uniform

세인트피터스 학교 교복을 입은 로알드 달.

소년 로알드

엘스, 로알드 달, 앨필드

1장

어린 시절의 경험은
이야기의 씨앗이다

로알드 달이 어떻게 그토록
멋진 작가가 될 수 있었는지를
이해하려면 그가 소년 시절을
어떻게 보냈는지를 살피는 게
아주 중요하다. 로알드가 처음

기숙 학교에 입학하던 아홉 살 무렵을 한번 살펴보자.

그 기숙 학교의 이름은 세인트피터스였다. 잉글랜드 서머싯 주
의 웨스턴슈퍼메어라는 해변 마을 근처에 위치한 그곳은 로알드
의 집에서 아주 멀었다. 전교생이라고 해봤자 여덟 살에서 열세
살에 이르는 소년 70여 명이 전부였다. 여학생은 없었다. 세인트
피터스는 그 겉모습도 전혀 학교 같지 않았다. 침침하고 뾰족한

창문, 담쟁이넝쿨이 뒤덮은 외벽 등, 귀신 이야기에 나오는 음산한 대저택 같은 느낌이 더 강했다.

소년들은 '하우스' 소속으로 나뉘었다. 즉 학교 안에서 따로 구역을 나눠 끼리끼리 살아야 했다. 하우스는 넷으로 나뉘어 있었다. 덕워스 버터플라이, 덕워스 그라스호퍼, 크로포드 버터플라이, 크로포드 그라스호퍼라고 불렀다. 로알드는 이 중 덕워스 버터플라이에 속했다.

이 네 하우스는 운동 경기의 팀 같았다. 각 하우스는 스포츠 시합은 물론이고 온갖 학업과 숙제 등 거의 매사에 있어 서로 겨뤄야 했다. 그러니까 로알드는 세인트피터스라는 학교의 학생이기도 했지만, 교내의 그 하우스 소속 학생이기도 했다.

로알드가 만난 선생님 거의 대부분은 제1차 세계대전에 나가 전투를 치렀던 참전용사였다. 그 경험은 그들에게 참으로 끔찍하고 두려우며 무서운 일이었을 것이다. 그들은 무시무시하고 처참한 광경을 직접 보거나 들었을 테고, 알고 있던 사람이 목숨을 잃어 슬픔에 잠기는 경험을 했을 터였다. 어떤 선생님은 심한 부상을 입기도 했다. 집으로 보낸 어느 편지에서 로알드는 어머니에게 새로 온 선생님에 대해 이렇게 썼다.

좁 선생님은 손이 하나뿐이에요. 선생님은 공군에 있었다고 해요.

20

그런 선생님 중 몇몇은 아이들에게 지독하게 굴었다. 어떤 선생님은 바퀴 달린 교내용 선반을 타고서 아이들 뒤를 쫓아다니는 등 괴상하고 정신 나간 짓을 일삼았다. 하지만 선생님 대다수는 나중에 아이들이 자라 위대한 일을 해내기를 바랐다. 그래서 위대한 예술이나 소설 작품 등 인생에서 가장 멋진 것들을 소년들이 좋아할 수 있도록 가르치는 데 열정을 쏟았다. 이를 위해 선생님들은 흥미진진한 강의를 진행하거나 흥미로운 영화를 보게 했고, 재미있는 소설을 읽어 주기도 하면서 갖은 방법을 동원했다.

소년들은 기숙사에서 잠을 잤다. 크고 서늘한 교실 같은 큰 방에다 철제 침대를 잔뜩 집어넣은 공간이었다. 규칙상 밤에 화장실에 가는 것도 금지였다. 그래서 로알드는 환자들이 침대 밑에 두는 어린이용 변기 의자를 써야 했다. 욕실도 없었다. 로알드는 기숙사에서 생활하는 다른 소년들과 함께 대야에 찬물을 받아 몸을 씻어야 했다. 부르르르!

자다 깬 깊은 밤이면 로알드는 다른 소년들의 숨소리를 들을 수 있었다. 어떤 때는 흐느끼는 소리도 들리곤 했다. 로알드는 때로 창문으로 기어서 빠져나가 사탕이나 케이크 숨기기 같은 신나는 장난을 치기도 했다. 하지만 바로 거기서 이 패거리와 저 패거리의 소년들이 서로 으르렁대는 일이 가끔씩 벌어지기도 했다.

로알드 달이 학교에서 알고 지낸 이는 거의 남자였다. 예외라고는 선생님 한두 명, 하우스 주임선생님의 부인, 그리고 사감선생님

정도가 고작이었다. 사감선생님은 집을 떠나 기숙사에서 생활하는 소년들에게 일종의 엄마 노릇을 하는 여자였다. 어떤 소년들은 사감선생님을 정말 좋아했지만, 그렇지 않은 아이들도 있었다. 안 좋아하는 정도가 아니라, 너무너무 싫어했다. 로알드의 경우가 그랬다. 로알드는 첫 번째 자서전인 『보이』에서 이렇게 말했다.

> 지금 돌이켜 생각해 보면 그 사감선생은 밤톨만 한 그 소년들을 정말 지지리도 싫어했던 게 틀림없다. 그녀는 우리한테 웃어 주거나 따듯한 말을 건넨 적이 한 번도 없었다. 가령 무릎에 난 상처 딱지에 조그만 보풀이 일어났을 때 우리에게는 그걸 살살 뜯어내 고통을 줄일 자유조차 없었다. 그녀는 엄청 큰 몸짓으로 그걸 휙 뜯어 버리면서 이렇게 중얼거리곤 했다.
> "덜 떨어진 짓 좀 작작해라! 갓난아기니?"

로알드는 이 기숙 학교에 처음 들어갔을 때 심한 향수병에 시달렸다. 그는 머리가 창문 가까이 있도록 침대에 거꾸로 누워 잤다. 그래야 브리스톨 만의 바다 건너편, 웨일스에 있는 그의 고향 마을인 한다프 쪽을 건너다볼 수 있었기 때문이다.

로알드는 어느 날 고향에 있는 집이 너무 그리워서 맹장염 때문에 몹시 아프다는 꾀병을 부렸다. 그런데 맹장염이 무엇인가. 그건 로알드를 두어 주 정도 학교에서 벗어나게 해 줄 병에 그치지 않고,

외과 의사가 그의 배를 갈라 맹장을 잘라 내는 수술을 해야 한다는 걸 의미했다. 그는 그토록 처절하게 집에 가고 싶었던 것이다.

『보이』를 보면 로알드는 이 꾀병이 통해 집으로 보내지긴 했지만, 가족의 주치의가 금세 그의 꾀병을 눈치챘다. 그래서 로알드는 그 주치의와 서약을 맺어야만 했다는 이야기를 썼다. 의사는 로알드의 꾀병을 누설하지 않고 그가 실제로 장염에 걸렸음을 확인해 주기로 했다. 그 대가로 로알드는 세인트피터스로 돌아가야만 했다.

여기서 한 가지 꼭 일러두어야 할 게 있다. 로알드 달의 인생에 대해 쓰려는 사람이라면 누구든 이 점을 아주 깊이 주의해야만 한다. 로알드가 하는 이야기가 늘 완벽하고 틀림없는 사실인 것은 아니라는 점이다. 그도 어디에선가 말했다시피 "난 거짓말을 하지 않는다. 그저 진짜를 조금 더 흥미롭게 만들 뿐이다. …… 난 내 말을 꿀꺽하지 않는다. 그저 살짝 구부리기만 할 뿐이다."

자, 그렇다면, 로알드는 실제로 그 의사와 약속을 했을까? 그가 실제로 자기가 맹장염에 걸렸다고 사감선생님과 학교 선생님들을 속이는 데 성공했던 걸까? 내 추측은 이렇다. 그 비슷한 어떤 일이 벌어지긴 했을 거다. 하지만 그는 이 이야기를 우리한테 전하면서 뭔가를 더 보탰을 거다. 내가 이렇게 생각하는 이유는, 이건 정말 비밀인데, 내가 글을 쓸 때도 이야기를 덧붙이기 때문이다!

아무튼 우리가 확실하게 알 수 있는 사실 하나는 로알드 달이 제대로 향수병을 앓았다는 거다. 『보이』에서 그는 첫 학기 내내 향수병 탓에 힘들었다고 적었다. 그는 그를 돌보는 사람들, 즉 교장, 선생님들, 사감선생님 등에 대해 이야기하면서 이들이 마치 폭군과 독재자, 협잡꾼과 괴짜들의 집단인 것처럼 묘사했다.

그렇지만 그가 그토록 그리워했던 달 집안이 어떤 모습이었는지를 알게 된다면 여러분은 깜짝 놀랄 것이다. 왜냐하면 그의 가족은 정말 유별난 사람들이었으니까.

로알드 달은 잉글랜드 억양으로 말을 하긴 했지만, 그의 부모는 노르웨이에서 태어났다. 로알드가 태어나기 전에 그의 아버지 하랄드 달은 새로운 사업을 하기 위해 노르웨이를 떠났다. 그는 한창 뜨고 있던 사우스웨일스의 석탄 산업에 뛰어들었다. 로알드의 어머니가 하랄드와 결혼하기 전에 쓴 이름은 막달렌 하셀버그였다. 로알드는 이들의 첫 아이가 아니었다. 애스트리와 앨필드가 그보다 먼저 태어났다. 그리고 하랄드는 그의 첫 아내와의 사이에 엘렌과 루이스라는 두 아이를 두었다. 하랄드가 아주 사랑했다고 하는 그의 첫 아내는 일찍 세상을 뜨고 말았다. 정리하자면 로알드는 다섯째 아이였고, 이어서 여섯째 엘스가 태어났다.

아버지 하랄드 달(1863~1920)

그리곤 끔찍한 일들이 연이어 벌어진다. 우선, 애스트리가 숨을 거뒀다. 이어서 곧 로알드의 아버지도 세상을 떠났다. 남편 하랄드가 죽었을 때 로알드의 어머니는 만삭인 몸으로 출산을 앞두고 있었다. 그렇게 태어난 딸이 애스타

누나 애스트리 달(1912~1920)

이다. 이 모든 일이 로알드가 겨우 세 살이었을 때 벌어졌다.

이런 엄청난 일을 단숨에 훅 살핀다는 게 보통 일은 아니지만, 누군가를 이해하고자 할 때 그의 성장 배경을 잘 알아보는 일은 사실 꽤 중요하다. 한 사람을 어떤 인물로 만들어 내는 게 바로 이런 종류의 사건들이기 때문이다. 또 이런 사건들은 그 사람의 사고방식도 결정한다.

이런 비극적인 사건들은 로알드가 너무 어렸을 때 일어나서 그가 거의 기억하지 못할 수도 있다. 로알드는 아마 자라는 동안 아버지와 누나에 관한 이야기를 어머니에게서 들었을 것이다. 이들을 직접 알고 믿지고 한 게 아니라 이들에 대한 이야기를 전해 들었다는 뜻이다. 그리고 로알드는 그 이야기를 통해 그들이 어떤 모습이었을지를 상상해 내야 했을 것이다. 이런 식으로 그의 상상력은 한껏 나래를 펼쳤음이 틀림없다. 로알드 달을 이야기꾼으로 만든 특별한 요소가 무엇인지를 찾고자 할 때, 이렇게 상상하는

법을 배운 것과 이야기에 귀 기울이는 법을 배운 것 두 가지는 아주 중요한 요소라고 보아야 할 것이다.

놀라운 일은 또 있다. 로알드는 가족에 관한 이야기를 들을 때는 학교에서 쓰던 영어로 듣지 않았다. 그 이야기들은 모두 노르웨이 말로 전해졌다. 그러니까 그때부터 그는 두 가지 언어를 썼던 거다. 서로 다른 언어로 생각하고 말할 수 있었다는 뜻이다. 영국에서 노르웨이 말을 쓰는 다른 사람을 만나기란 로알드에게 거의 불가능했다. 그는 어쩌면 비밀스런 언어 하나를 안다는 자부심을 지니고 성장했을지 모르며, 그가 알게 된 아버지에 관한 모든 것도 바로 그 언어로 습득했기에 가능했다.

언어를 한 가지만 쓰는 여느 사람에게 있어 말하기와 쓰기는 일종의 투명체다. 우린 그저 그냥 그렇게 하는 거니까. 어떤 말을 내뱉을지 우리는 그다지 생각하지 않는다. 이 말을 쓰지 않고 왜 저 말을 쓰는지 고민하지도 않는다. 어떤 식으로 말할지에 대해서도 생각할 필요는 없다. 조리한 소시지에 으깬 감자를 곁들인 '뱅어스 앤드 매쉬(bangers and mash)'라는 요리 이름을 듣고 얼어붙어서, '어라? 소시지를 왜 뱅어스라고 불렀대? 완전 이상한데?'라며 문득 생각에 잠기는 영어 사용자는 없을 거란 말이다. '그러니까 쾅(bang) 소리를 내는 거라서 뱅어스(bangers)라고 불리는 것이려나?' 하며 곰곰이 생각할 이가 어디 있겠는가. 또 '뱅어스 앤드 매쉬'라는 소리에 집착하여 "흐음, '뱅어스 앤드 매쉬'라는 말의 리듬이 '둠드, 드둠' 같군. 그럼 '뱅어스 앤드 매쉬'란 말을 하고 하고 또 하면 그게 꼭 기차 굴러가는 소리 같을 수도 있겠는데!"라고 엄청난 발견이라도 한듯 혼잣말로 중얼델 사람이 어디 있겠는가 말이다.

그렇지만 두 나라 말을 쓰는 이들은 정말로 종종 그런 식으로 생각한다. 두 언어 사이를 폴짝폴짝 넘나드느라 그러는 것인데, 이 폴짝거림 덕택에 우리가 쓰는 말에 대한, 또 그걸 우리가 왜 쓰고 어떻게 쓰는지에 대한 온갖 의문을 불러일으킬 수 있다.

로알드의 어머니는 그의 인생에서 아주 중요한 인물이었다. 그녀는 달 집안에서 묵직한 중심 역할을 했다. 그녀 덕분에 모든 게 착착 진행됐고 집안사람들도 하나로 결속됐다.

로알드 달에게 수많은 이야기를 들려준 사람도 그녀였다. 그런데 로알드가 집을 떠나 학교로 가게 된 것도 어머니의 영향 때문이었다. 즉 **로알드**를 기쁘게 한 것도, 로알드를 향수병에 빠진 슬픈 아이로 만든 것도 그녀였다.

나중에 아주 나이가 든

로알드 달의 어머니

로알드 달이 여섯 살일 때

다음에 로알드는 여러 인터뷰에서 "어린이들은 으레 부모를 사랑하면서 동시에 증오하는 능력을 갖춘 존재"라고 말하곤 했다. 바로 그런 이유로 그는 자신의 여러 소설에서 여러 부모와 어른을 잔인한 인물로 그렸으며, 다른 어른들은 또 아주 사랑스런 캐릭터로 묘사했다.

『마틸다』에는 지독하게 못된 마틸다의 부모와 너무나 다정한 미스 하니가 동시에 등장한다. 『마녀를 잡아라』에 등장하는 마녀들과 그랜드 마마는 또 어떤가. 로알드 달은 자신의 어린이 소설들을 통해 선하고 악한 부모들이 뒤섞여 존재하는 모습을 보여 준 초기 어린이 문학 작가 중 한 사람이다. 『헨젤과 그레텔』이나 『백설공주와 일곱 난장이』 같은 동화에서 그런 인물들을 볼 수는 있지만, 로알드 달 이전에는 이런 잔인하고 사랑스러운 인물들이 동시에 등장하는 경우를 찾기가 아주 어려웠다.

그랬다. 아홉 살 무렵 로알드 달의 삶은 그런 모습이었다. 평범함과는 거리가 멀어 보이지 않는가? 여러분이 그중 어떤 면을 수긍할 수는 있겠지만, 다른 면은 절대 수긍하지 않았으면 좋겠다. 내가 정말 좋아하는 작가의 성장 배경에서 발견되는 좋은 일, 슬픈 일, 그리고 말도 못할 만큼 기이한 일. 이런 일들을 두루 엮어

이해해야만, 로알드 달이 그토록 멋진 책들을 꾸준히 써낼 수 있었던 힘을 짚어 낼 수 있을 것이다.

나는 이 글의 마지막을 내 소박한 이야기 하나로 매듭지을까 한다.

로알드 달의 어린 시절을 돌아보면 나는 늘 내가 너무너무 잘 아는 한 사람을 떠올리게 된다. 바로 내 아버지다. 그가 소년이었을 때, 그러니까 로알드 달과 비슷한 나이였을 때, 그의 부모는 따로 살게 됐다. 그는 그 후 아버지의 모습을 한 번도 보지 못했다. 그러니까 그도 아버지를 잃었던 것이다. 로알드처럼, 내 아버지도 거의 여자뿐인 집안에서 자라야 했다. 어머니, 누나, 숙모들, 죄다 여자였다. 그리고 어느 무렵에는 집안에서 다른 언어가 쓰이기도 했다. 할머니는 아버지에게 이렇게 말했다. 사람들은 각양각색이며 다른 사람이 똑같은 걸 믿는 일은 없다고 일렀다. 이런 가르침은 아버지에게 적잖이 낯설고 불편한 느낌을 갖게 했다.

어린 시절 내내, 슬프거나 화가 날 때 혹은 스스로가 너무 불편하거나 다르다고 느껴질 때면 아버지는 언제나 이런 꿈을 꿨다. 할아버지가 홀연 등장하여 그 모든 사태를 원만하게 해결하는 꿈. 아버지는 할아버지의 사진들을 뚫어져라 쳐다보며 그에 대한 할머니의 이야기에 귀를 기울였다. 그가 얼마나 선량하고 똑똑했는지에 대한 얘기 말이다.

하지만 볼 수 있는 건 사진뿐이었다. 실제로 아버지가 눈앞에 나타나는 일은 벌어지지 않았다. 아버지는 그래서 자신과 가상의 할아버지가 함께 사는 비밀스런 생활공간을 자기 마음속에 지니고 있었다고 말하곤 했다.

내 아버지가 기숙 학교에 보내진 일은 없었다. 그렇지만 할머니는 길게는 여러 주씩 병원에 입원했다. 그렇게 할머니가 집을 비우면 아버지는 악몽에 시달렸다고 한다. 꿈속에서 할머니가 세상을 떠났고, 아버지는 자신이 싫어하던, 또 자신을 싫어한다고 여겼던 친척 집에 얹혀살아야 했다는 거다. 아버지 주위에는 늘 이야기를 들려주는 사람이 많았다. 그들 중에는 '다이벅'이라는 귀신이나 도시 전체를 한 방에 짓뭉개 버리는 진흙 거인 '골렘' 이야기를 들려주는 이도 있었다. 또 아버지의 할아버지와 다른 선조들이 떠나온 다른 곳, 다른 나라 이야기도 있었다. 거기는 '코사크'

30

라고 불리는 말 탄 악당들의 나라였는데…….

그런데 바로 여기서부터는 비슷한 점이 사라진다. 내 아버지는 자라서 로알드 달처럼 유명한 작가가 되지는 않았다.

그래도 아버지는 이야기꾼이기는 했다. 그는 자신의 삶에 관한 책을 쓰기도 했다. 아버지는 다른 종류의 글도 아주 많이 썼다. 즉 자기 안에 감춰 둔 비밀 생활공간 이야기를 아이들에게 들려줬다. 그럼으로써 아이들이 그런 이야기에 귀 기울이고 직접 찾아 읽으며 몸으로 실천하게 만들었다. 아버지는 자신의 어린 모습을 꾸준히 떠올리면서, 자신이 가르치는 아이 중 제법 많은 아이가 그와 엇비슷하리라고 상상했다. 그리고 그런 아이들이 어떤 종류의 이야기와 시를 좋아할지 계속 궁리했다. 아버지는 영어 이외의 언어들에 대한 글을 쓰기도 했고, 아이들이 말을 하고 글을 쓰는 방법을 세심하게 관찰하기도 했다.

그러므로, 로알드 달의 어린 시절을 돌아볼 때면 난 로알드 달과 내 아버지의 비슷한 모습을 떠올린다. 그리고 또 그들의 삶에 대체 무슨 일이 있었던 것인까를 곱씹지 않을 수 없다. 그런 비슷한 사건들이 어떻게 그들의 삶까지 꽤나 비슷하게 펼쳐지도록 만들었는지 말이다.

어쩌면 어린 시절은 이렇게 평생 지속되는 게 아닐까?

로알드 달 가계도

Harald Dahl
하랄드 달

Marie
마리

Astri
애스트리

Alf
앨필드

Roald
로일드

Louis
루이스

Ellen
엘렌

Olivia
올리비아

Tessa
테사

Theo
테오

Ophelia
오필리아

Lucy
루시

Sofie Magdalene Hesselberg
Mormor

소피 막달렌 하셀버그 모르모르

Else
엘스

Asta
애스타

Patricia
Neal

퍼트리샤 닐

Liccy

리씨

Neisha
네이샤

Charlotte
샬롯

Lorina
로리나

한다프대성당

Llandaff Cathedral

2장

상상력으로
일상을 재구성하다

로알드의 아버지 하랄드 달은 가족의 생계를 위해 무척 열심히 일했다. 그는 선박 브로커였다. '브로커'라는 말의 뜻을 오해해서는 안 된다. 그건 그냥 선박을 필요로 하는 사람들, 즉 다른 나라에 물건들을 팔려는, 혹은 만든 제품들을 바다 건너 다른 나라로 실어 나르려는 이들에게 배를 소개해 주는 중개인 일을 했다는 뜻이다. 하랄드는 이 일을 대단히 성공적으로 잘해냈음이 틀림

로알드의 아버지, 하랄드 달의 모습

없다. 로알드가 겨우 세 살 즈음일 때 하랄드는 그만 세상을 떠나고 말았는데, 그때 그가 가족에게 남긴 재산이 어마어마했기 때문이다. 오늘날의 기준으로 따지자면 그 액수가 자그마치 500만 파운드(약 88억 원)였으니까 말이다.

비록 남편을 잃기는 했지만, 로알드의 어머니 소피에게 하랄드가 남긴 유산은 그나마 다행이었을 것이다. 그녀나 그녀의 아이들이 먹을 거리와 입을 거리 걱정을 하지 않아도 됐을 테니까. 나아가 로알드의 어머니는 빨래와 청소, 요리, 아이들 돌보는 일 따위를 하는 하인(혹은 도우미)들을 둘 수도 있었다. 로알드와 그의 누이들은 원하는 장난감을 얼마든지 가질 수 있었을 테고, 그들에겐 뛰어놀 정원이 딸린 커다란 집도 있었다.

로알드의 가족은 멋진 휴가를 위해 여행도 자주 다녔다. 친척들과 함께 웨일스의 어딘가에서, 혹은 가끔씩 노르웨이까지 가서 휴가를 즐겼다.

특히 로알드의 어머니는 로알드를 학비가 무지하게 비싼 학교에 얼마든지 보낼 수 있었다. 제일 먼저 다닌 곳은 카디프 근처 란다프의 엘름트리하우스 유치원이다. 1922년, 로알드가 여섯 살이 되면서 그곳에 다니기 시작했다. 로알드가 엘름트리하우스 유치원을 다닌 기간은 1년뿐이었다. 그 뒤 그는 란다프대성당 부속학교에 진학해 2년을 다녔다. 다음 학교가 바로 세인트피터스였다. 로알드는 열세 살이 되던 1929년까지 웨스턴슈퍼메어에 위치한 그 기숙 학교에서 생활했다. 그 후 잉글랜드 중부지방인 더비에서 그리 멀지 않은 렙튼이라는 유명 사립학교로 진학했고, 열여덟 살이 되던 1934년에 그곳을 졸업했다.

로알드와 그의 어머니 덕분에 우리는 시간을 거슬러 올라가 그의 학창 시절에 대한 여러 가지 사실을 엿볼 수 있다. 로알드는 자신의 학업 통지표를 모두 보관했고, 어머니는 로알드에게서 받은 편지를 모두 보관했기 때문이다. 훗날 세계적인 작가가 되는 한 소년에 대한 값진 기록이 이렇게 풍성하게 남아 있다니, 정말 다행이지 않은가!

로알드의 학창 시절 기록 중 첫 번째는 엘름트리하우스 유치원에 관한 것이다. 여기서 로알드를 돌보고 가르친 사람은 코필드 부인과 터커 양이라는 두 여자 선생님이었다. 로알드는 이 선생님들을 "다정하고 웃음 짓는" 분들로 기억했다.

하지만 다음 학교인 한다프대성당 부속학교에서의 사정은 크게 달랐다. 이 학교의 위치는, 여러분이 이름을 듣고 추측했듯이, 바로 대성당 옆이었다(이 학교는 아직도 존재하기 때문에 원한다면 얼마든지 로알드가 어떤 학교를 다녔는지 볼 수 있다). 이곳은 정식 교장선생님도 있는 그런 학교였고, 수백 년에 걸쳐 벌어진 온갖 희한한 이야기를 비롯하여 갖가지 전통이 빼곡히 전해지는 곳이었다.

이 학교에서 2년을 보내는 동안 로알드에게도 온갖 희한한 이야기들이 쌓여 갔다. 특히 로알드가 『보이』에서 소개한 이야기는 아주 유명하다. 그 당시 로알드와 그의 친구들에게는 정말 끔찍하고 완전 지독한 사람이 있었다. 바로 동네 사탕가게 주인 프라체트 부인이다. 그들은 그녀를 골탕 먹였다. 학교에서 출동한 로알드와 그의 조무래기 특공대가 그녀를 얼마나 끔찍스레 싫어했냐면……

그녀는 절대로 웃는 법이 없었다. 우리가 가게에 들어가도 그녀는 결코 어서 오라는 인사를 건네지 않았다. 입만 벌렸다 하면 "내가 두 눈 시퍼렇게 뜨고 있으니까, 도둑질하고 싶어서 안달 난 손가락을 초콜릿에 댈 생각은 하지도 마!"라든가 "네놈들 여기서 빈둥대기만 하고 가는 거 정말 못 봐 주겠다. 너 꺼져! 너도 당장 꺼지고!" 따위의 말을 내지르기만 했다.

하지만 우리가 프라체트 부인을 역겨워한 진짜 이유는 따로 있었다. 그녀는 꼬락서니가 정말 지저분했다. 거무튀튀한 그녀의 앞치마는 기름 범벅으로 진득거렸다. 그녀의 블라우스는 아침에 먹다 흘린 토스트 부스러기와 홍차 얼룩, 말라붙은 계란 노른자 조각 따위로 늘 얼룩덜룩 만신창이였다.

하지만 뭐니 뭐니 해도 우리를 가장 기절초풍하게 만든 건 그녀의 손이었다. 정말 구역질 나는 손이었다. 땟국물과 검댕으로 시커먼 그 노파의 손은 마치 하루 종일 맨손으로 석탄을 화로에 집어넣다 나온 것 같았다. 생각해 보시라. 우리가 트리클 토피나 와인 검스, 혹은 너트 클러스터스 같은 알사탕이나 캐러멜 1페니어치를 달라고 주문하면, 그 더러운 손을 사탕 통에 쑤욱 집어넣어 그 더러운 손가락으로 사탕을 집어 우리에게 준 것이다…….

우리가 프라체트 부인을 미워했던 또 다른 이유는 바로 그녀의 인색함이었다. 한번에 6펜스 동전을 다 쓰지 않고 낱개로 찔끔 사면 그녀는 절대로 종이봉투에 담아 주지 않았다. 그냥 계산대에 있던 「데일리 미러」 신문 한 귀퉁이를 찔끔 찢어 사탕을 둘둘 말아 건넬 뿐이었다.

그리하여 로알드와 그의 친구들이 교실의 마룻바닥 아래에서 죽은 쥐 한 마리를 발견했을 때, 로알드에게는 멋지고 심술궂은 생각이 떠올랐다.

내가 말했다. "우리 말야, 이걸 프라체트 부인의 사탕 통에 슬쩍 집어넣으면 어떨까? 그럼 그 아줌마는 더러운 손으로 사탕 한 줌 꺼내려다 이 냄새 나는 죽은 쥐를 덥석 쥐게 될 거잖아."

하지만 어떻게 프라체트 부인이 보지 못하는 사이에 쥐를 사탕 통에 집어넣는단 말인가? 꼬마 악당들은 함께 머리를 쥐어짰다. 그 결과 '위대한 죽은 쥐 대작전'이 탄생했다.

가게에 들어서는 우리의 걸음걸이는 점잔을 빼며 으스대는 모양이었다. 우리는 승리자였고 프라체트 부인은 우리의 제물이었으니까. 노파는 계산대 뒤에 서서 가게로 들어서는 우리를 악의에 가득 찬 눈빛으로 쏘아봤다. 심술궂게 생긴 자그마한 눈동자가 쉴 새 없이 움직였다.

"셔벗 사탕 하나 주세요." 트웨이츠가 1페니 동전을 내밀며 그녀에게 말했다.

나는 잠자코 친구들의 뒤쪽에 서 있다가, 프라체트 부인이 상자에서 셔벗 사탕을 꺼내려고 고개를 돌리는 순간, 고작해야 2~3초 정도에 불과한 그 순간에 곱스토퍼 사탕 통의 두툼한 유리 뚜껑을 들어 올렸다. 그리고 그 안에 죽은 쥐를 집어넣었다. 그런 다음 아무 소리도 나지 않게 뚜껑을 제자리에 올려놨다. 내 심장은 미친 듯이 쿵쾅거렸고, 내 손은 땀으로 흥건했다.

"부트레이스 사탕도 하나 주세요." 또다시 트웨이츠가 말하는 게 들렸다.

내가 고개를 돌렸을 때 프라체트 부인이 그 더러운 손가락으로 부트레이스를 집어 올리는 게 보였다.

"사는 놈은 한 녀석이면서 뭐 이렇게 우루루 떼거지로 몰려와 야단들인 거냐! 꼴 보기 싫게!" 그녀가 우리를 향해 고함쳤다. "어서들 꺼져! 가! 가라고!"

밖으로 나오자마자 우리는 냅다 달음박질쳤다.

"넣었어? 응?" 친구들이 내게 큰 소리로 물었다.

"물론이지!" 내가 대답했다.

"대박!" 친구들이 고함쳤다. "멋지다, 진짜!"

나는 영웅이 된 기분이었다. 아니, 진짜 영웅이었다. 친구들 사이에서 그토록 인기 있는 몸이 되다니, 그건 정말 멋진 일이었다.

이 이야기를 읽을 때면 나는 늘 '장난'이라는 단어를 떠올린다. 여기 아홉 살도 안 된 꼬마 로알드 달이 있다. 이 꼬마가 한 짓은? 대단한 장난 아닌가. 이 이야기는 그가 썼던 여러 책을 떠올리게도 한다. 그의 책들은 별의별 희한한 장난과 온갖 교활한 속임수, 말썽꾸러기들의 자지러지는 우스개로 넘친다. 만약 이 죽은 쥐와 사탕가게 주인아줌마에 대한 이야기가 사실이라면(이게 '100퍼센트 완전 사실'이라고 장담할 수는 없으니까), 그리고 '위대한 죽은 쥐 대작전'을 만들어 낸 사람이 정말 로알드라면, 그는 이미 그 무렵부터 '글쓰기의 재주'를 터득했던 것으로 보인다.

왜냐고?

왜냐하면 그런 장난을 구상하고 계획하려면 '만약 그럼 어떻게 될까?'를 미리 상상할 줄 알아야 하기 때문이다. 여러분이 '만약 그럼 어떻게 될까?'를 상상하길 좋아하는 사람이라면, 그러니까 이를테면 "내 절친이 고양이가 된다면 어떻게 될까?"를 상상하곤 한다면, 여러분은 이미 작가가 되는 길로 접어든 셈이나 마찬가지다. 로알드는 '위대한 죽은 쥐 대작전'에서 일어났던 일들을 그로부터 여러 해가 지난 뒤에 이야기로 썼다. 하지만 그와 그의 친구들이 죽은 쥐를 보면서 그걸 어떻게 써먹을지 궁리하던 그 순간에도 그는 이미 그 이야기를 '써 내렸'다. 물론 로알드가 그때 글을 쓴 건 아니다. 그는 그걸 미리 생각하고 계획하고 상상했다.

'위대한 죽은 쥐 대작전'을 읽으면서 나는 로알드 달이 어떤 작가인지 궁금해졌다. 소설가라면 누구나 자신이 들려주는 얘기에 독자들이 깊이 빠져들도록 모든 수단을 동원하기 마련이다. 여기서 로알드가 활용한 방법은 무엇이었을까?

우선 그는 프라체트 부인 얘기를 먼저 들려준다. 하지만 로알드는 '그 아줌마가 진짜 끔찍했다'고만 얘기하고서 바로 그 대작전 이야기로 나아간 게 아니었다. 그는 그녀의 생김새가 얼마나 끔찍했는지, 그녀가 내뱉는 말들이 어땠는지, 또 그녀의 됨됨이가 어땠는지(그녀의 끔찍스런 인색함!)를 선명하게 묘사해 보여 줬다. 사실 로알드가 그녀의 모습을 우리에게 너무나 철저히 묘사해서, 이제 우리는 로알드가 들려주지 않았던 그녀의 모습에 대해서도 마구 상상을 시작하게 될 정도다. 가령, 자기 가게로 들어서는 이 소년 무리를 보고 그녀가 무슨 생각을 할까 따위의 것들을 상상하는 거다. 그녀는 그 꼬마들이 끔찍하다고 생각할까? 그런데 그녀가 왜 그런 생각을 하지? 그 꼬마들이 대체 무슨 짓을 했기에? 로알드 달이 우리한테 일러 주지 않은 게 더 뭐가 있을까?

로알드는 '안팎 기법'이라고 부를 만한 방법도 쓰고 있음을 알 수 있다. 이는 이를테면 작가가 벽에 앉은 파리처럼 '바깥에서' 모든 인물들을 관찰하면서 이야기를 풀어 가다가, 어느 순간에는 한 등장인물의 '안으로' 들어가 그 인물의 관점에서 이야기를 들려주는 방식이다. 이러면 우리 마음은 바빠진다. 이리 갔다 저리 갔다, 안팎을 들락거리느라 말이다. 한순간 우리는 무슨 일이 벌어지는지를 물끄러미 관찰하다가, 다음 순간에는 귀를 쫑긋 세워 듣게 되는 식이다.

예를 들자면 이렇다. 우린 로알드가 친구들에게 "그럼 그 아줌마는 더러운 손으로 사탕 한 줌 꺼내려다 이 냄새 나는 죽은 쥐를 덥석 쥐게 될 거잖아"라고 말하는 걸 들어야만 한다. 그리고 그는 그 상황을 그려서 보여 준다, "가게에 들어서는 우리의 걸음걸이는 점잔을 빼며 으스대는 모양이었다." 이렇게 귀 기울여 듣고 눈으로 관찰하기를 왔다 갔다 반복하다 보면 우리는 어느새 이야기의 흐름을 따라잡고 전체적인 큰 그림이 어떠한지를 즐거이 짚어 낼 수 있다.

언뜻 보기엔 '위대한 죽은 쥐 대작전'이 1차원적인 것 같을 수

도 있다. 그 이야기가 그리 대단하게 복잡해 보이지는 않다는 뜻
이다. 착한 쪽과 나쁜 쪽이 선명하게 나뉘니까 말이다. 프라체트
부인이 아이들에게 나쁘게 굴었고, 아이들은 그에 맞서 복수를 펼
쳤다. 우리 모두 "그것 참 쌤통이다!"라는 반응을 보이면 그뿐인
것. 더 이상 뭐 복잡할 게 없다.

그런데 여러분이 정말 훌륭한 이야기꾼이라면 이런 1차원적인
이야기를 들려주면서도 독자들에게 꾸준히 궁금증을 불러일으
킬 수 있어야 한다. 좋은 글은 항상 색다른 시각에서 사물을 들여
다볼 수 있게 해야 한다. 이를테면 어떤 장면을 앞에서 보면서 동
시에 뒤에서도 보게 한다든지, 혹은 처음에는 이 사람의 머릿속을
통해 보고 이어서 다른 사람의 머릿속을 거쳐 살피게 하는 식으로
말이다.

그 무리들 중 누구도, 로알드도, 그의 친구들도 생각하지 못했던
것이 있다. 그들은 '만약 죽은 쥐 범죄 행각이 발각되면 어떤 일이
일어날까?'를 예상하지 못했다. 그 대답은 바로 …… 벌이었다.

벌이 뭔지는 다 아시리
라 믿는다. 여러분이 아
는 사람 중 누군가 혹은
여러분 자신이 교실 밖으
로 쫓겨나 벌을 서 본 기
억이 있을 것이다. 이밖

에도 학교에서 받는 벌에는 여러 가지가 있다. 쉬는 시간에 교실에 홀로 남겨지거나, 방과 후에 남겨지거나, 교장선생님에게 불려가거나, 아예 학교에서 쫓겨나는 퇴학까지도…….

하지만 학교 안에서 누군가가 다른 사람을 때리는 일은 절대 일어날 수 없는 일이다. 그런데 내가 학교 다닐 때나 그 전에, 그러니까 로알드가 학교 다닐 땐 선생님이 아이에게 때리는 걸로 벌을 줄 수 있었다. 때리는 도구도 맨손, 회초리, 허리띠, 자, 흑판 지우개, 신발 등등 뭐든 가능했다. 또 아이의 몸 어디든 때릴 수 있었다. 얼굴 곳곳, 손과 등짝 어디든 때릴 수 있었다는 말이다. 어떤 때는 화가 난 선생님이 자리에 앉아 있는 학생들을 바로 때리기도 했다. 또한 교실 앞으로 불려나가 모두가 보는 가운데 두들겨 맞기도 했다. 선생님이 아이들에게 물건을 집어던지기도 했다. 내가 고등학교에 다닐 때 한 선생님은 내 머리카락을 움켜쥐곤 머리를 책상 아래로 구겨 넣게 했다. 그리곤 쥐었던 손을 놔주는데, 그때 들어 올리는 머리 뒤통수를 주먹으로 퍽 쥐어박아 버렸다. 다른 선생님은 아주 괜찮은 남자분이었는데 입이 휙 돌아갈 정도로 얼굴을 가격했다.

체벌은 로알드 달이 학교생활 중 가장 괴로워한 일이었다. 그의 책들 곳곳에는 체벌 이야기가 거듭거듭 등장한다. 그는 독자들에게 자신이 체벌을 얼마나 지긋지긋하게 싫어했는지 일러 주고 싶었던 것이다. 그는 선생님들 중 다수가 "매를 들면 행복해하는"

사람들이었다고 말하지만, 그중에서도 특히 이런 체벌이 아주 심각하고 진지한 처벌법처럼 보이게끔 하는 독특한 방법이 있었음을 일러 준다. 그건 교장실로 불려갔을 때 벌어지는 일이었다.

교장실에 불려가 카페트 위에 서서 안절부절못하며 기다리는 동안에는, 실내의 낡은 사진, 책, 의자와 책상을 조심조심 힐끔거리며 쳐다보는 중에도 마음이 불안해진다. 자신의 부모님을 제외한다면 교장선생님은 학생들이 아는 사람 중 가장 중요한 인물이다. 그런데 이 특별하고 현명하며 중요한 사람이 여러분에게 엄청나게 특별한 처벌을 가하려는 것이다. "나쁜 짓을 저지른 아이는 맞아야 한다!" 맞기 전에 아이들이 꼭 해야만 하는 일이 있다. 교장선생님이 때리기 좋도록 자신의 몸 일부를 잘 준비시켜야 하는 것이다. 모든 남자아이는 "손 내밀어"라든지 "허리 숙여"라는 말이 무엇을 뜻하는지 본능적으로 알아듣는다. 수도 없이 되풀이된 그 말을 들으면 아이들은 늘 그래왔던 것처럼 재깍 몸을 움직인다. 늘 그러했듯 조심스레 진지하게 몸을 움직이게 하는 어떤 무거운 기운이 그 말에 묻어 있는 것처럼 말이다.

선생님들은 자신들이 아이를 더 나은 인간으

로 만들기 위해 매를 든다고 스스로를 합리화한다. 내가 초등학교 때, 다른 친구들과 함께 공을 쫓다 여자애들이 있는 운동장으로 뛰어들어가 그 공을 빼앗은 선생님에게 야유를 퍼부었을 때, 나도 그런 체벌을 당해야 했다. 로알드는 그런 식의 매질이 학교에서 자주 벌어졌음을 일러 준다. 사실 그는 한 책의 상당 부분을 그 얘기에 할애했다.

『마틸다』를 보면 아이들 때리기를 정말 좋아하는 여선생 트런치불이 등장한다. 로알드는 이 교장선생님을 정말 지독하고 잔인한 사람으로 묘사했는데 그걸 보고 많은 사람들이, 특히 내가 보기에 많은 아이들이, 웃음을 터뜨렸다. 독자들이 웃음을 터뜨린 대목은 그녀가 한 소년을 창문 밖으로 집어던진 부분이었다.

우스꽝스럽게 얘기를 한다고 해서, 로알드가 때리는 걸 대수롭지 않게 생각했다는 건 아니다. 사실은 정반대다. 그는 이게 아주 심각한 일이라고 봤다. 그는 체벌이 너무나 끔찍한 일이라고 생각했고, 그래서 그걸 이야기로 만들어 한껏 과장함으로써 결국 독자들이 우스꽝스럽게 만들어 버리려는 식으로 자신의 느낌을 드러내 보였다.

아동 문학 작가들이 처벌을 우스갯감으로 삼은 적은 그전에도 있었다. 『빌리 번터』 이야기들이나 『비노』 만화를 보면 잘 알 수 있듯이 말이다. 하지만 로알드의 체벌

이야기는 독특하고 특별했다. 그는 이런 처벌법이 우스운 일이지만 동시에 잘못된 일임을 깨닫도록 만들어 준 최초의 어린이 소설 작가 중 한 명이었다.

그런데 체벌의 요점은 그게 정말 아프다는 사실이다. 그건 로알드도 아프게 했고, '위대한 죽은 쥐 대작전'에 가담한 그의 친구들도 아프게 했다. 이들은 비밀스레 자신의 상처를 서로 보여 주기도 했다. 아이들이 걸핏하면 매질을 당하는 학교에서는 그걸 공공연히 얘기할 수도 없다. 그럴 수 있는 분위기가 아니었던 것이다. 하지만 삼삼오오 모이면 모두 그 얘기를 주고받았다. 어떤 아이들은 나름의 비밀 처방으로 조금이라도 덜 아파할 수 있는 방법을 찾아내곤 했다(이를테면 바지 안에 책을 덧대는 일 따위). 그리고 맞기 전후로 피부에 뭘 바르면 좋다는 얘기도 서로 나누었다(식초, 테레빈유, 올리브유 따위). 어떡하면 마음을 잘 다스려 그게 안 아프다고 생각할 수 있는지, 혹은 때리는 선생님에게 이 정도는 별 것 아니라는 걸 보여 줄 수 있는지에 대한 얘기도 오갔다. 어떤 아이는 때리는 선생님을 오히려 때려 버렸다는 말도 나돌았다!

그리고 정말 정말 큰일은, 부모님에게 뭐라고 말할 것인가였다. 학교에서 맞았다는 얘기를 건넸을 때 부모님이 뭐라고 할 건지, 또 어떤 행동을 보일지. 아, 그건 정말 걱정스러운 일이다.

로알드의 어머니는 어떤 반응을 보였을까? 로알드가 '보라색

줄무늬'라고 불렸던 회초리 자국을 그녀가 아들의 피부에서 발견한 뒤, 그녀는 한다프대성당 부속학교를 당장 관두게 했다.

Mr. Dahl's Story

로알드 달이 다닌 학교들

지금은 폐쇄

엘름트리하우스, 1922~23년

유치원
6~7세
한다프, 카디프, 웨일스

지금도 운영 중

한다프대성당 부속학교, 1923~25년

예비학교[초/중등]
7~9세
한다프, 카디프, 웨일스

지금은 폐쇄

세인트피터스 학교, 1925~29년

예비학교[초/중등]
9~13세
웨스턴슈퍼메어
서머싯, 잉글랜드

THE PRIORY HOUSE,
REPTON,
DERBY.

Porta Darat Lupe

Dear Mama

Thanks awfully f
and your letters. We ha
last night. We fried the
hieny beans over them.
cream. Those biscui
last night we had
there is about
macdonald & I

Wed 25th 1930

Dear Mama,

Thanks awfully for your letter, and the parcel, which arri
one egg had a crack around it, exactly the same as are the time b
none of the slime had come out, and I had two of them yesterday
were excellent, in the form of poached eggs on toast.
At the beginning of the week we had another heavy fall of s
now the weather is beginning starting to look more like summ
There have been a lot of sports last week, notably the senior, and ju
high jumping; the two from each of the ten houses had to jump for
senior. I had to jump for Priory, and I don't know how but we
with Henderson, and Bell we also won the senior. It made y
very shaky, though, jumping in front of most of the school. I
glad when it was over.
Yesterday the

Dear Mama   23ᵗʰ Spt

    I am having a lovely time here.
&c We play foot ball every day here. The beds
beds have no springs. Will you send my
stamp album, and quite a lot of swops.
The masters are very nice. I've
got all my clothes now, & and a belt,
and, tie, and a school school Jersy.
        love from
         Boy

로알드 달이 어머니에게 보낸 편지

3장
사랑하는 사람을 위해
쓰다

그 다음으로 로알드에게 벌어진 일은, 끝내주는 달 부인께서 아들을 동네 학교에서 구출한 뒤 짐을 싸 기숙 학교에 보낸 사건이다. 앞의 장에서 보았듯이, 세인트피터스 학교는 달 가족이 살던 카디프에서 브리스톨 해협 건너편에 있었다. 세번 강이 크고 넓게 바다와 만나는 너른 물이 바로 그 해협이었다. 로알드는 어머니와 함께 패들 증기선을 타고 그 바다를 건넌 뒤 택시를 타고 나머지 길을 달려 세인트피터스로 갔다. 그리고 로알드의 어머니는 아들을 거기 남겨 두고 집으로 돌아갔다. 이제 겨우 아홉 살인 로알드가 홀로 남겨진 것이다.

다음 편지는 1925년에 로알드가 세인트피터스에서 집으로 보낸 첫 번째 편지다. 이걸 보며 내가 만약 로알드의 처지라면 어머니한테 무슨 말을 했을까 상상해 봤다. 여러분이라면 어땠을까?

9월 23일

마마에게

저는 여기서 멋진 시간을 보내고 있어요.

여기선 매일 축구를 해요. 참대침대에는 스프링이 없어요. 제 우표
첩을 보내 주실래요? 그리고 스웝스(swops)도 잔뜩 필요해요.

여기 선생님들은 아주 훌륭해요. 이제 옷을 전부 받았고요, 허리띠
도 하나 받았어요. 타이도 하나 받았고, 핵교학교 체육복도 하나
받았어요.

사랑을 담아,

보이 씀

언뜻 읽기에 이 편지는 좀 따분해 보일 정도다. 훗날 그토록 환
상적인 작가, 로알드 달이 될 사람이 쓴 편지가 이랬다고? 어릴
땐 농담할 줄 몰랐나? 학교 얘긴데 어째서 그 끔찍스런 미치광이
선생이나 지독스런 꼬맹이들 얘기가 없는 걸까? 어린 로알드가

54

어떤 애였는지도 거의 일러 주는 게 없다. 가만, 뭐 일러 주긴 하고 있나? 어디, 다시 한번 이 편지를 뜯어보자. 단서를 찾는 탐정처럼 말이다. 왜냐하면 이건 아주 고급 증거니까.

우선 그는 어머니를 '마마'라고 부른다. 이건 로알드가 다른 나라와 깊이 연관되어 있다는 강력한 증거다. 노르웨이 말이다. 그리고 그는 '멋진 시간'을 보내고 있다고 얘기한다. 과연 그랬을까? 시간이 흐르면서 세인트피터스 학교에서 아주 멋진 시간을 보내게 된 것은 사실이다. 하지만 처음 도착했을 때가 그리 멋진 날들이었을 리는 없다는 생각을 멈출 수가 없다. 『보이』에서 로알드는 그 시간이 어땠는지를 아주 분명하게 적고 있다.

> 나는 그때까지 우리 집의 대가족과 떨어져 보낸 날이 하루도 없었다. …… 그날 난 새로 산 커다란 여행 가방과 반짝거리는 간식 상자 옆에 우두커니 홀로 선 채로 남겨졌고, 나는 금세 울기 시작했다.

그런데 왜 로알드는 마마에게 그가 멋진 시간을 보내고 있다고 얘기한 걸까? 어쩌면 선생님이 뭘 써야 하는지를 일러 줬을 수도 있겠지만, 무엇보다 그 스스로 어머니가 자신을 염려하지 않았으면 좋겠다는 생각을 했으리라 보고 싶다. 여러분 생각은 어떠신지?

이어서 로알드는 마마에게 매일 벌어지는 '축구' 얘기를 한다. 이건 그가 학교 친구들과 어울려 운동장에서 실컷 공을 차고 놀

앉다는 얘기가 아니다. 아마도 학교에서 벌어지는 조직적인 시합 같은 것이었을 가능성이 크다. 로알드는 자라면서 운동을 아주 좋아하게 됐는데, 이제 막 전학 온 학생으로서 그는 세인트피터스에서는 이런 운동 경기가 아주 진지한 일이라는 걸 직감했음에 틀림없다.

그는 계속해서 마마에게 "침대에 스프링이 없다"는 이야기를 한다. 나도 아홉 살 때 내 침대의 스프링이 꺼져 버려서 부모님에게 그걸 계속 불평했던 적이 있다. 형 침대가 내 것보다 더 편하다면서 말이다! 내가 그렇게 징징거렸던 건, 음음, 내 침대가 편안한지 결리는지 부모님이 전혀 신경 쓰지 않는다는 데 대한 투덜거림이었다! 그렇다면 어린 로알드도 자기가 밤에 편안하게 잘 자는지 마마가 신경을 더 써 줬으면 한다는 메시지를 보내려고 했던 것일까?

다음 이야기는 '우표'에 관한 것이다. 로알드는 평생 동안 대단한 수집가였다. 그레이트미센덴에 있는 로알드 달 박물관 겸 스토리센터에 가면 그가 수집했던 물건들 중 일부를 볼 수 있다. 이를테면 그가 먹었던 수많은 초콜릿의 포장지에서 뜯어낸 은박지로 만든 둥근 공 같은 것들 말이다.

다람쥐는 도토리를 모은다. 이걸 땅 속에 잘 파묻었다가 겨울이 닥쳐 먹을 게 없으면 그렇게 모아 둔 걸 파서 먹으려는 거다. 내 생각에 작가들도 이와 엇비슷하다. 우리는 소재를 모아 둔다. 그러다 어떤 영감이 필요할 때 그렇게 소장한 것들을 들춰 보면, 짠!
머릿속에 아이디어가 떠오르는 법이다.

로알드에게 우표 모으기는 식은 죽 먹기였을 것이다. 그에게는
외국에 사는 친척이 많았다. 그들은 외국의 풍경, 왕, 여왕, 유명
인의 모습 등 흥미로운 그림이 그려진 신기한 우표들을 붙여 편지
와 소포를 보내왔다. 이런 건 로알드 주변의 모든 사내아이들에게
깊은 인상을 남겼을 거다. 어디 그뿐인가, 로알드에게는 '스웝스'
도 있었다. 스웝스는 같은 우표 두 장 혹은 여러 장이 나란히 붙어
있는 걸 말하는데, 이걸 다른 친구들의 우표와 바꿈으로써 자신
의 우표첩을 더욱 완벽하게 만들 수 있었다. 이제 마마가 그것들
을 보내 주기만 하면, 멋진 수집품을 챙기는 일과 친구들 사이에
서 부러움을 사는 일이 동시에 가능해지는 멋진 미래가 활짝 열리
게 될 것이었다.

그 다음으로 로알드가 그의 어머니에게 말한 건 "선생님들이
아주 훌륭하다"는 사실이다. 내가 보기에 그렇게 좋았을 리는 없
다, 1925년 사립 기숙 학교의 선생님들은 아주 가야가새이었기
만, 그들을 "훌륭하다"고 부르는 경우는 한 번도 못 봤다. 로알드
는 마구 두들겨 맞았던 그 학교와는 다르다는 걸 알려서 마마를
안심시키고 싶었던 걸까? 어린아이들은 부모의 얼굴에 근심이 어
릴 때 그 근심을 뿌리 뽑는 게 자기 임무라고 생각한다. 그래서 그
걸 위해 약간의 이야기를 지어내는 것쯤은 얼마든지 가능한 일이

된다. 아마도 로알드는, 실제로는 그렇지 않을지라도, 아무런 문제가 없다고 어머니를 안심시키고 싶었는지도 모른다. 이런 일을 잘해내는 아이라면 누구든 이야기꾼이 될 자질을 갖춘 것이다!

마지막으로 로알드는 편지의 끝을 자기 별명인 '보이'로 마무리하고 있다. 새로 옮겨 간 그 신세계에서는 모두가 그를 로알드라고 불렀으니, 학교의 그 누구도 알지 못할 이름을 사용하는 게 뭔가 큰 위안이 되었을 것임에 틀림없다. '보이'는 집에서 그를 부르던 이름이었고, 그와 그의 어머니가 얼마나 큰 사랑을 주고받았는지를 떠올리게 하는 역할을 했을 것이다.

로알드 달의 손글씨, Love from Boy

『보이』에서 로알드는 편지 검열이 있었음을 알린다. 즉 모든 학생은 자기 편지를 선생님에게 보여 주어 잘못 쓴 철자를 바로잡아야 했다. 명목은 그랬더라도, 실제로는 아이들이 학교의 음식이나 대우 등에 대해 부모에게 불평하지는 않는지를 비밀리에 살피고 있었다는 게 로알드의 생각이었다.

첫 편지를 쓴 지 이틀 뒤에 쓴 로알드의 두 번째 편지를 보자.

마마에게

우표 감사해요. 벌써 우표 교환을 여러 번 했어요. 어제 축구를 했는데, 한 골을 넣었어요. 오늘은 산책을 갔는데, 좀 멀리 간 건 아니에요. 베스티 마마와 베스티 파파한테도, 그리고 탄테 엘렌한테도 편지를 쓸 거예요. 이제 우표는 더 많이 필요 안 해요. 밀짚모자 하나 생겼어요. 어제 받았어요. 마이크가 얼른 다 나았으면 좋겠어요. 앨필드 누나랑 엘스, 그리고 베이비한테도 편지 고맙다고 해주세요. 엄마 손글씨 아주 잘 읽으니까 걱정 마세요. 내 보트를 찾았다니 정말 기뻐요.

난 이 편지가 참 좋다. 특히 로알드가 자신의 노르웨이 친척들을 얘기하는 부분이 아주 따뜻하다. 베스티 마마와 베스티 파파는 그의 어머니의 부모님, 즉 로알드의 외조부모다. 마이크가 아프다는 걸 기억해 낸 부분도 참 좋다(마이크는 애완동물인 것 같지만 확실한 건 아니다). 마마의 손글씨를 잘 읽을 수 있다고, 그녀의 편지를 잘 이해한다고 얘기하는 부분도 귀엽다. 어머니가 집에 두고 온 자기 물건들을 잘 챙기는 걸 기뻐하는 부분도 경쾌하다. 그리고 군데군데 엉성하게 쓴 그의 철자법도 아주 좋다.

우표가 "더 많이 필요 안 해요"라고 얘기하는 부분에서는 마마가 우표를 많이 보냈음을 넌지시 알 수 있어 재미있다. 아마 엄청나게 많이 보냈다는 뜻 같다. 그리고 그야말로 전형적인 잉글랜드풍의 물건이 생겼다는 사실로 마마를 놀라게 하는 부분도 재미있다. 바로 밀짚모자다. 그건 아마도 '보우터'라 불리는, 딱딱하고 납작한 모양에 리본을 둘러맨 밀짚모자였으리라.

이 편지를 보면 로알드가 공감 능력이 아주 뛰어난 아이였음을 알 수 있다. 공감은 다른 사람들이 느끼는 걸 잘 이해해 함께 느낄 줄 아는 능력을 말한다.

모든 작가에겐 공감 능력이 필요하다. 작가가 다른 사람들에 대해 쓸 수 있으려면 그들이 어떻게 생각하고 느끼는지를 알아야 한다. 또 독자들이 무엇을 알고 싶어하는지를 미리 생각할 줄도 알아야 한다. 로알드의 편지를 보면 마마가 어떤 말을 듣고 싶어하는지 궁리하는 그의 모습을 또렷이 발견할 수 있다. 그는 친척들과 마이크에 대해서도 열심히 생각하는 모습을 보여 준다.

웃기는 이야기지만, 어떤 사람들은 작가 로알드 달이 때로는 공감 능력이 부족하다고 말하곤 했다. 그의 책에 걸핏하면 등장하는 사람들이 우리가 싫어하고 경멸하는 이들이었다는 거다. 『조지, 마법의 약을 만들다』에 등장하는 조지의 할머니, 『마틸다』에 나오는 트런치불 교장선생님과 마틸다의 부모, 『우리의 챔피언 대니』에서의 집주인, 『마녀를 잡아라』의 마녀들, 『멋진 여우 씨』의 농부 보기스, 『악어 이야기』의 악어 등을 떠올려 보라.

그렇지만 이런 등장인물들이 경멸할 만하다고 말한다거나, 이런 등장인물들이 로알드 달의 공감 능력 부족을 증명한다고 하는 건 이치에 어긋난다. 로알드 달은 글을 쓸 때 항상 아이들이 어떤 걸 읽고 싶어할지를 스스로에게 거듭거듭 물었다. 그는 아이들이 왜 그런 걸 그렇게 좋아하는지도 꾸준히 생각했다. 로알드의 공감 능력은 어린이가 좋아할 등장인물과 장면을 만들어 내는 방식을 통해 표현됐다.

또 이와는 별개로, 로알드는 우리에게 끔찍한 인물들이 골탕 먹는 장면을 보여 주는 데만 그치지 않았다. 그는 사람들의 선의와 사랑을, 그들의 호의와 정다운 행동을 보여 주고자 애쓰기도 했다. 『마틸다』에서는 하니 선생님이 있었고, 『마녀를 잡아라』에서는 할머니가, 『우리의 챔피언 대니』에는 대니와 그의 아버지가, 심지어 『멋진 여우 씨』에 나오는 여우 씨도 있다! 공감 능력이 없이는 이런 인물들을 만들어 낼 수 없다.

세인트피터스에서 보낸 4년 동안 운동 시간이 되면 로알드에게는 큰 이점이 있었으니, 그건 바로 그의 키였다. 다른 아이들보다 훨씬 컸기 때문에 그는 럭비 팀에서 아주 중요한 역할을 했다. 어느 통지표에는 그가 "너무 많이 자랐다"고 했다. 그는 권투도 잘했고, 크리켓과 축구도 좋아했다. 그는 마마에게 보낸 편지에서도 체육 성적에 대해 많은 이야기를 썼다.

저 6점[크리켓에서의 홈런]을 두 개나 때렸어요. …… 그중 하나는 엄청나게 멀리 날아가 관람석 건물을 쾅 하고 때렸고요. 까딱하면 창문을 박살 낼 뻔했어요.

저런!

하지만 때로 그의 성적은 좋지 않을 때도 있었다. 한 선생님은 가정통신문에 이렇게 적었다.

"로알드는 자기가 형편없이 뒤처져 있다고 생각하는데, 그런 생각 때문에 정말 형편없는 결과를 내고 말았어요."

그 학교에서 형편없는 성적을 받으면 상급반으로 올라가지 못하고 같은 반에 머물면서 어린 학생들과 한 해 더 공부해야 했다.

한 해를 더 보내야 할지도 모른다는 근심이 로알드를 크게 괴롭혔음에 틀림없다. 왜냐하면 어떤 편지는 아예 통째로 각 과목의 수입 성적을 보여 주는 내용뿐이기도 했으니까 말이다.

1926년 11월에 보낸 이 편지가 그런 경우다.

마마에게

이게 제 성적이에요.

프랑스어=6등

라틴어=3등

문법, 작문=5등

일반 상식=1등

기하학=1등

신학=2등

역사=5등

연산=1등

대수=1등

지리=3등

우리 반은 열네 명이에요.

수학 세 과목[기하, 연산, 대수]은 모두 제가 1등 했어요.

사랑을 담아,

로알드

로알드의 학창 시절 친구인 더글러스는 로알드가 어딘가 다른 독특한 아이였다고 한다.

"그 애한테서는 정말 노르웨이 이민자 분위기가 확실히 느껴졌어요. 저는 터키 이민자였거든요. 우린 둘 다 외국인이었죠."

그래서 둘은 가까워진 듯하다. 인근 도시인 웨스턴슈퍼메어로 소풍을 갈 때면 두 소년은 함께 걸으며, 학교의 "멍청하고 쓸데없는 규칙들"을 성토하곤 했다. 하지만 투덜대기만 한 건 아니었다. 둘은 영어를 가지고 장난치면서 단어 게임을 하기도 했다. 난 얼른 『내 친구 꼬마 거인』을 떠올렸다. 그 책을 읽을 때마다 나는 이 책의 작가가 정말 말장난을 좋아하는구나, 말들이 어떤 소리를 내며 새로운 말들을 어떻게 만들어 낼지 잘 아는 사람이구나, 하는 생각에 잠기곤 했다.

더글러스는 친구 로알드가 콩커스에도 아주 재주가 좋았다고 했다. 콩커스는 마로니에 열매를 실에 매달아 서로의 열매를 쳐서 깨는 아이들 놀이다. 로알드는 어머니에게 보낸 한 편지에서 "제 콩커 점수가 273짐인데, 이건 진교 1등"이라고도 했다. 이건 로알드의 콩커 하나가 다른 아이들의 콩커 273개를 박살 냈다는 뜻이다!

로알드의 편지를 보면 드넓은 야외에서 온갖 것을 주워 모으는 취미도 있었음을 알 수 있다. 가령 새알 같은 거 말이다(오늘날엔 절대 새알을 주워 모아선 안 된다. 경찰에 체포되고 싶은 게 아니라면 이런 일을 해서는 안 된다!). 그렇게 모은 알이 무려 172개였다. 이걸 모두 10개의 서랍이 달린 유리 진열장에 잘 정리해 보관했다. 그의 수집 목록은 굴뚝새 같은 아주 작은 새의 알부터 갈매기, 까마귀 같은 큰 새의 알까지 다채로웠다.

하지만 이런 수집과 콩커스 말고도 로알드가 특별한 재주를 보인 분야가 있었으니, 그건 바로 글쓰기였다.

그의 편지에는 그가 보고 발견한 것들에 대한 정감 넘치는 묘사들이 실리기 시작했다. 또 그는 학교에서 막 배운 놀라운 것들에 대해 어머니에게 길게 설명하기도 했다. 특히 동물과 새 이야기는 그가 즐겨 다룬 주제였다. 그와 다른 소년들은 영화도 자주 볼 수 있었는데, 이건 그의 상상력에 불을 당겼다. 한 영화에서는 비행기 조종사가 남아프리카공화국의 희망봉까지 날아가는 이야기를 보았고(지금 보면 이건 별일 아닌 것 같지만, 그 당시는 비행의 역사가 이제 막 시작된 때였다), 다른 작품에서는 에베레스트 산 등반에 대해 배웠다. 인도와 티베트로 가는 장거리 자동차 여행에 관한 영화도 보았고, 개미떼가 지네와 벌이는 싸움이나 쥐며느리를 뒤집어 버리는 영화도 봤다.

로알드 달은 극단적인 것을 좋아하는 작가였다. 엄청나게 놀랍고 괴상한, 아주 특별하고 잔뜩 과장된 것들에 대해 이야기하기를 좋아한 것이다. 그의 옛 편지들을 읽다 보면 그가 언제나 별난 일들을 찾아 돌아다녔다는 인상을 지울 수 없다. 학교 근처의 체다 협곡으로 소풍을 갔을 때 로알드와 학교 친구들은 뚜껑 없는 버스인 새러밴 한 대에 모두 다 꾸역꾸역 올라타야만 했다. 그들이 웨스턴슈퍼메어에 들어서자마자 큰 가스 폭발 소리가 들렸고 이어서 화재가 발생해 가게 세 곳을 태워 버렸다. 로알드는 다음날 그 사고 현장을 살피러 갔다. 어쩌면 마마가 그 소식을 듣고 싶어할지도 모르니까. 로알드는 아마도 그 사고에 대해 글을 쓰고 싶었을 것이다. 어쨌든, 뭔가 글로 쓸 만한 사건이 벌어졌다 하면 로알드는 반드시 그에 대해 글을 남겼다.

학교에서 스토리텔링과 관련된 무슨 행사가 있기만 하면 로알드는 그걸 크게 즐겼다. 1925년 11월에 어머니에게 보낸 편지에서 그는 '새의 전설' 수업에 대해 이야기하면서, 굴뚝새가 새들의 왕이 된 이솝우화를 어머니에게 들려줬다. 또 개똥지빠귀가 어떻게 검은 깃털에 부리만 노랗게 되었는지를 들려주기도 했다.

로알드가 특히 좋아한 이야기꾼은 '코탐 소령'이라 불리는 선생님이었다. 그는 쇼맨십이 꽤나 강한 사람이었던 듯하다. 이 선생님은 낭독과 낭독 연기를 하는 것으로 로알드의 편지에 자주 등장하는데, 나는 그런 편지를 보며 흥미로운 어떤 인물을 떠올릴 수 있었다. 군인 경력을 가진, 어쩌면 군복 차림으로 수업을 했을지도 모르는 이 선생님은 소년들에게 이야기와 시를 실감나게 들려주면서 아이들을 사로잡았을 것이다. 고전에 생기를 불어넣는 그의 생생한 연기 덕분에 아이들은 깔깔 웃다가 홀연 정적에 빠졌을 것이고, 소령님은 그렇게 학생들의 혼을 쏙 빼놓았을 것이다.

어젯밤 일곱 시 무렵 코탐 소령님이 들판의 나무 아래에서 [윌리엄 셰익스피어의 유명한 희곡인] 『베니스의 상인』을 읽어 주셨어요. 정말 재미있었어요. 이어서 짤막한 스웨덴 시 한 편과 키플링의 유명한 시 「고웅가 덴」도 낭독해 주셨어요. 이것도 정말 재미있었어요. 낭독하면서 동작까지 곁들이셨죠.

로알드가 열 살이던 1926년, 크리스마스 직전에는 이런 편지를 썼다.

금요일에 우린 에스퀴모스(아마도 '에스키모'인 것 같아요)에 대한 멋진 강의를 들었어요. 컬러로 된 슬라이드 필름을 보는데, 참 흥미로웠어요. 오늘은 닥터 바르나도스 홈스에 대한 영화를 볼 거예요.

어젯밤엔 크리스마스 선물도 받았어요. 우린 모두 스타킹을 내다 걸었고, 밤이 되자 산타클로스 차림새를 한 사감선생님이 들어와서 그 스타킹에 물건들을 집어넣었어요. 제 스타킹 안에는 오르골 같은 거랑 말 탄 병사 인형이 들어 있었어요. 그날 밤에 사감선생님도 방문에 스타킹을 내걸었고 우리도 전부 하나씩 집어넣었어요. 물론 금세 꽉 찼죠.

다음 주 화요일부터 시험이 시작되고 목요일에야 끝나요. 다음주 금요일, 12월 17일에 제가 집에 가요. 기차역에 1시 36분 도착이니, 꼭 마중 나와 주세요.

오호, 여자 사감선생님이 산타클로스 차림으로 선물을 나눠주다니, 그럼 『보이』에 그려진 것처럼 그렇게 최악은 아니었던 것일까?

강조한 부분도 참 재미있다. 마마한테 꼭 거기 마중 나오라고 상기시킨다? 엄마가 로알드 만나러 나오는 걸 까먹다니, 그게 말이 되는가!

로알드가 즐겨 다룬 또 하나의 주제는 질병과 사고, 또 온갖 치료제와 치료법에 관한 이야기였다.

다음에 읽어 볼 편지는 1929년 10월 6일에 쓴 것이다. 함께 읽어 보자.

두통이 이제 거의 사라졌어요. 이번 학기 시작하자마자 한 주 내내 두통 때문에 힘들었어요. 아무래도 '미스톨'을 먹어야 하나 싶었어요. 그래서 먹었죠. 이틀 동안 거의 그 약을 들이붓듯 삼켰어요. 두통은 심한 감기로 이어졌는데, 그것도 금세 이 근사한 미스톨로 잡아 버렸죠. 이제 머리가 조금이라도 아프다 싶으면 얼른 미스톨을 삼켜요. 그럼 말짱해져요. 엄마가 생각하기엔 왜 그런 것 같아요? 제 생각엔 꽃가루 알레르기인지도 모르겠어요.

학교에 지금 감기가 아주 유행이에요. 양호실에 드러누운 친구도 몇 명 돼요. 이러다가 독감이 퍼질지도 모르겠어요. 아닐 수도 있죠, 물론. 그런데 제 미스톨 병이 거의 바닥났거든요. 그러니까 한 병 더 보내 주세요. 11월 12일에 진학 시험이 있으니까 이번 학기엔 독감에 걸리면 안 돼요.

어린 로알드가 이제 제법 통제력을 갖추게 된 듯 (혹은 그렇게 믿고 있는 듯) 보인다. 오늘날에는 어린아이가 직접 약을 얼마나 먹을지를 결정해서는 안 된다. 그건 아주 위험한 일이니까. 하지만 그 당시에는 로알드가 직접 알약을 골라 꿀꺽 삼키는 일이 가능했다. 그는 그 약 덕분에 나았고 독감도 쫓아냈다고 믿고 있다.

하지만 그 약은 그런 일과 무관했다. 그건 로알드가 상상한 일일 뿐이었다. 그런데 이런 상상은 어떤 마법의 특효약에 대해 굳게 믿는 책을 쓰려고 할 때는 아주 큰 도움이 된다. 난 자꾸 조지라는 이름을 가진 한 소년과 '마법의 약' 생각이 자꾸 떠오르는데…… 여러분은 그렇지 않으신지?

로알드 달의 꼼꼼한 관찰력도 이 무렵에 한창 물이 오르기 시작했다.

웨스턴슈퍼메어로 영국 왕실이 방문했을 때, 그가 기억하는 가장 흥미로운 일이 있었다. 기차에 사람이 치어 죽은 일과 한 가게 주인이 너무 흥분한 나머지 하늘로 총을 여섯 발이나 쏘아대는 바람에 왕족들이 기겁을 한 사건이었다!

앨필드 누나에게 쓴 편지에서 로알드는 이렇게 말했다.

그 이발사는 아주 웃기는 사람인데, 이름이 런디 씨야. 지난 월요일에 내 머리를 자르러 갔거든. 찬장 아래에서 엄청나게 많은 거미가 마구 기어 나오더라. 런디 씨가 거미들을 발로 밟아 버리는데, 바닥이 온통 터져 버린 거미들 시체로 엉망진창이었어.

단체 체조 시간에 우린 피라미드를 만들었어. 많은 친구들이 불가사리 모양으로 섰고, 중간에도 몇 명이 서 있었어. 친구들 어깨를 딛고 올라선 한 명이 팔을 바깥으로 활짝 펼쳤는데, 정말 멋진 모습이었지.

하룻밤 새에 작가가 되는 사람은 없다. 우리가 연극이나 영화에서 보는 장면들을 위해 배우들이 연기 연습을 하고 또 하듯이, 또 운동선수들이 몸놀림과 타격, 조준, 태클 등을 연습하듯이, 작가들도 글쓰기를 연습한다. 어쩌면 그게 연습인지도 모르는 채 그러기도 한다.

로알드가 열 살에 작가가 되겠노라고 다짐한 것 같지는 않다. 하지만 그럼에도 불구하고 그는 글쓰기를 연습했다. 그건 수업 시간에만 국한된 것도 아니었다.

집으로 보내는 편지를 쓰면서 로알드는 어떤 말이 듣기 좋은지, 또 어떤 말이 좋은 효과를 거두는지를 살필 수 있었다. 그는 어떤 것들이 마마의 마음을 사로잡고 누이들의 관심을 끄는지를 하나씩 찾아냈다. 또 그들을 웃음 짓게 하는 게 뭔지도 편지를 쓰며 배웠다.

여러 해가 지난 뒤 로알드는 알게 됐다. 자기가 보낸 편지들을 어머니가 일일이 다 챙겨 두었음을. 정말 멋진 일 아닌가? 이걸 보면 어머니가 로알드를 얼마나 자랑스러워했는지, 아들을 얼마나 그리워했는지 잘 알 수 있다.

어린 작가가 꼭 해야 할 일이 하나 더 있다. 책에 담긴 다른 작품들을 열심히 읽는 일이다. 세인트피터스 학교로 가기 전 로알드는 베아트리스 포터의 이야기들을 읽었다. 그는 A. A. 밀른의『곰돌이 푸우』이야기와 프랜시스 호지슨 버넷의『비밀의 화원』, 그리고『백설공주』같은 한스 크리스티안 안데르센의 이야기를 좋아했다.

그는 힐러리 벨록의『조심할 것들』같은 책은 달달 외울 정도로 좋아했다. 로알드의 달의『무섭고 징그럽고 끔찍한 동물들』이나『역겨운 시』같은 작품을『조심할 것들』과 비교해 보면 로알드 달이 어느 정도는 힐러리 벨록 스타일로 글을 쓴다는 걸 알 수 있을 것이다.

세인트피터스에서 공부하면서 로알드는 셰익스피어의 희곡과 찰스 디킨스의 소설, 그리고 로버트 루이스 스티븐슨의『보물섬』등을 읽기 시작했다. 또 그는 H. 라이더 해거드와 같은 멋진 이름을 지닌 작가들이 쓴 모험 이야기들을 읽으며 그 속에서 뛰어놀았다.

로알드와 그의 친구 더글러스는 이어서 귀신 이야기들에 빠져

들었고, 곧이어 에드거 앨런 포의 섬뜩한 이야기들을 읽은 뒤 서로 얘기를 나눴다. 그와 그의 동료 학생들은 다양한 분야의 책들을 아주 많이 읽어야 했던 것이 틀림없다.

로알드는 집으로 보낸 편지에서 어머니에게 자기가 치러야 할 시험들에 대해 자주 이야기했다.

한번은 이런 문제들이 나왔다며 어머니에게 답을 알겠느냐고 묻기도 했다. 그는 대부분 정답을 맞췄다면서 말이다.

다음의 등장인물들이 어느 책에 실렸으며,
그 책의 저자는 누구인지 써 보세요.

베키 샤프

샘 웰러

비틀

모글리

이스라엘 핸즈

아토스

쟝 발 시칸 (아무래도 이건 쟝 발장이겠죠.)

다음 속담을 완성해 보세요.

선무당이 ……

구르는 돌에는 ……

수중의 새 한 마리가 ……

제 때의 바늘 한 땀이 ……

작가의 임무 중 하나는 독자들에게 무언가를 보여주며 그게 어떤 모습일지를 느끼게 해 주는 일이다. 이를 위해 은유와 직유를 쓴다.

체다 협곡의 동굴까지 타고간 섀러밴에 대해 얘기하면서 로알드는 자신들이 마치 "통조림 깡통 속 정어리들처럼" 차에 구겨 탔다고 했는데, 이런 게 직유법이다.

다음 편지는 그가 세인트피터스에서 집으로 보낸 마지막 편지의 끝부분이다.

제 글씨가 너무 엉망이어서 죄송해요. 지금 자율 학습 시간인데 상황이 좀 좋지 않네요. 또 한 가지 유감인 건, 아래층에서 누가 노래를 부르고 있어요. 그 소리가 꼭 신장병과 요통을 한꺼번에 앓고 있는 파리 한 마리가 누르스름한 미나리아재비 꽃밭에서 무릎뼈를 달그락대는 성가신 소리랑 아주 흡사하다는 거죠.

이 글은 분명 언어와 사랑에 빠진 한 소녀의 글이라는 느낌을 준다. 좀 희한하고 재미나면서도 멋진 비유로 무엇이 있을지를 열심히 떠올리는, 어찌 보면 너무 열심히 노력하는 한 소년이 바로 로알드였다. 그리고 이 소년은 그 모든 과정을 즐기고 있었다.

로알드 달의 편지들

로알드가 세인트피터스 학교에서 어머니에게 보낸 편지들이다.

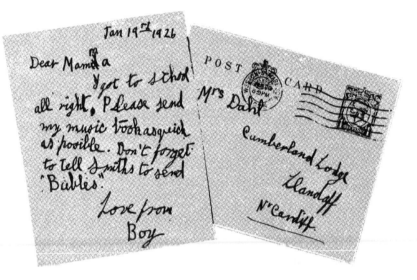

St Peter's
Weston-super-mare.
March 24th 1926.

Dear Else
    I will soon be coming home,
I am coming by train next Wedensday.
There is a craze for darts and
gliders, nearly every one has got
one, I have got one topping one,
it glides like anything, a boy
called Huntly-Wood made it for
me. I have got five quarter-

stars, I got one of them to day,
it was for writing from Mr Francis.
I think the French Play was very
good, and very funny as well, I
could not understand much of it
but I think every one liked it.

Love from

BOY.

Oct. 13th 1929.
St Peter's.
Weston-super-mare

Dear Mama
    Thanks awfully for the roller skates,
they are topphole. Were they the largest pair? at first
streched they fit toppingly, but if my feet grow
much more they won't fit. We skate on the yard; we
had a very fine time last night after tea; You see, the
chaps who haven't got pairs, pull you. At one time
I had eight chaps pulling me with a long rope, at
a terrific lick, and, I sat down in the middle of
it; my bottom is all blue now! We also have "trains".
You get about ten chaps to pull, and with a long rope,
and all the roller-skaters hang on to each other,
and go around; but if one chap falls, all the ones
behind him come on top of him; the yard is

getting quite smooth now.
    Last wedensday we played a school called "Clarence" and
beat them — 5 — . So far we have played 5 matches
and won them all; I often wonder how good a team is as
the Prugger.
    Last Sunday we had a lantern lecture on light-houses; the
man, gave pictures of the "Wolf", "Eddystone" the Bishops Rock,
and longships at landsend, all of which we saw last
hols.
    By the way, I had a birthday present from Marnalé
yesterday. I was a thing called a "Yoo Yah", which
runs up and down on a string, but is very hard to work.
It is very fascinating, but she confessed that it was
bought at Woolworths; and she said that it was the
craze there. I show you when I get home.
    Can you send me another tube of Gexox "Toothpaste please.

로알드 달 가족이 갔던 노르웨이의 해변

4장
여행은 창작의
원천이다

로알드의 이야기들이 학교
에서 우연히 떠오른 것만은
아니었다. 그의 여행 또한 낯
설고 경이로운 사건으로 가
득했기 때문이다.

그가 열한 살이 되었을 때
어머니와 누이들은 웨일스를
떠나 런던에서 24킬로미터쯤
떨어진 켄트 주의 벡슬리로
이사했다. 벡슬리에 있는 집
은 테니스장을 따로 갖추고

여덟 살 때의 로알드 달

있었고 앞마당이 너무 넓어 이를 돌볼 정원사를 따로 두어야 했다니, 아주 멋진 집이었던 것 같다. 실내에는 당구 놀이를 할 수 있는 방이 따로 있었다고도 한다.

1920년대에 달 씨 집안처럼 부자인 사람들은 "적절한 처신"을 하기 위해 아주 많이 애썼다. 이들은 격식과 예절을 매우 따졌으며, 언제든 옷을 허술하게 입는 법이 없었다. 말을 할 때도 아주 공손했고, 무례한 말을 입에 올리거나 낯 뜨거운 소리를 내뱉는 건 결코 해서는 안 될 일이었다. 잘 정돈된 방, 깔끔한 옷, 말끔한 머리, 말쑥한 얼굴, 깨끗한 손 등 위생에도 엄청난 공을 들였다. 고함이나 달리기는 오로지 운동경기 때만 허용됐다. 날마다 엄격한 시간표에 따라 아침을 먹고 점심과 홍차도 딱 정해진 시간에 먹어야 했다. 남자아이들이 이렇게 행동해야 한다면 여자아이들은 저렇게 해야 한다는 규칙도 있었다. 뭘 읽고 뭘 보는 게 "적절"한지에 대한 기준도 있었다(읽고 보기에 적절치 못한 것들이 그만큼 많았다는 뜻이다). 눈에 보이지 않는 규칙들이 많았다. 그런 규칙을 무시하는 이들은 주변의 따가운 눈총을 받아야만 했다.

달 집안사람들도 집에서 이런 규칙대로 살았을까? 전혀 그렇지 않았다. 로알드의 어머니는 아이들이 집안 여기저기를 마구 뛰어다녀도 전혀 신경 쓰지 않았다. 오히려 무례한 소리를 내뱉거나 나무에 올라가거나 험하고 위험한 장난을 일삼아도 걱정하는 법이 없었다.

달 집안 전체가 관습과는 거리가 멀었다. 그들은 다른 사람들이었고 규칙을 따르는 일에는 무관심했다. 달 집안에서 유명한 이야기 중 하나는 어린 로알드에 관한 것이다. 그는 공기총을 들고 나와 누이동생에게 나무에 올라가게 하고선 동생한테 총을 쏘아 버렸다!

1928년 1월에 로알드가 어머니에게 보낸 편지 중에는 이런 문장도 있다.

"제 권총, 탄환 다 빼고서 좀 보내 주세요. 여기 애들은 누구나 다 하나씩 가지고 있어요. 하이튼한테도 있는데, 아무도 신경 안 써요."

몇 해가 지난 후 로알드는 이런 무용담도 어머니에게 들려줬다. 뚝딱뚝딱 수레 같은 걸 만들어 줄에 매달았는데, 빈 수프 깡통으로 지나가는 사람들에게 날벼락을 주기 위해 만들었다는 것!

달 부인 같은 엄마는 드물었다. 그녀는 아이의 심한 장난과 제멋대로인 성격이 아무 문제가 안 되며 오히려 아이가 배우는 과정의 하나라고 보았던 듯하다. 로알드와 마마는 이런 점에서 아주 손발이 척척 맞았다. 그가 보낸 한 편지에서 로알드는 마마에게 이런 얘기도 했다.

"터너 선생님이 지난 학기에 관두셔서 파머 선생님이라는 새 사감이 왔는데요. 어느 날 밤 이 선생님이 포드라는 아이를 검사한다며 샤워실로 불러냈는데, 거기서 뽀뽀를 했대요!"

그의 책을 통해서 그리고 그의 실생활을 통해서 우리가 로알드 달에 대해 알고 있는 사실 하나는 그가 아주 장난꾸러기였고 제멋대로였다는 거다. 우리 대부분은 보이지 않는 규칙을 염려해 스스로 자제하곤 하지만, 로알드는 그러질 않았다. 그래서 그에게는 확신이 있었다. 다른 수많은 사람들이 충격적이라고 할 만한 것들을 말하고 쓰고 행동할, 넘치는 자신감이 있었다는 뜻이다. 『내 친구 꼬마 거인』에서 선꼬거가 영국 여왕을 방문했을 때 어떤 짓을 했는지 생각해 보시라! 나는 로알드에게 이런 확신을 심어 준 건 바로 어머니인 달 부인이었다고 생각한다.

"난 구린내 나는 큿큿오이를 먹는다." 선꼬거가 말했다.

방학 때도 로알드는 집에만 있지 않았다. 부활절이 다가오면 달 집안은 여행 가방을 싸 집을 떠났다. 그들이 간 곳 중 하나는 남웨일스의 텐비였다. 이곳은 오래된 항구와 긴 모래사장을 끼고 조성된, 19세기 후반 느낌이 나는 빅토리아풍의 아름다운 해변 마을이다. 여기서 로알드는 새알을 모으거나 불가사리를 줍고 당나귀 타기를 즐겼다. 육지에서 얼마 떨어지지 않은 곳에는 아주 오래된 수도원이 있는 섬이 있었는데, 로알드는 그곳으로 배를 타고 가 섬을 누비기도 했다. 달 부인은 항구를 내려다볼 수 있는 집을 빌려 가족이 묵게 했다.

하지만 달 집안사람들에게는 보다 마법과도 같은 곳이 있었으니, 그곳은 바로 노르웨이였다. 『보이』에서 로알드는 그들 가족이 큰 부대를 이루고 여러 날에 걸쳐 노르웨이까지 여행한 일을 사랑스런 기억으로 기록하고 있다.

우리 대가족은 언제나 엄청난 부대다. 내 누이가 벌써 세 명이고, 나이 많으신 이복 누나(합이 넷), 그리고 이복 형과 나(합이 여섯), 그리고 어머니(합이 일곱), 그리고 유모(합이 여덟). 이게 다가 아니다. 항상 함께하는 이들이 있었으니, 나이 많으신 이복 누나의 나이 많으신 익명의 친구들이 적어도 두 명은 늘 우리와 함께 다녔던 것이다(이러면 합이 열이다).

베스테 파파 하셀버그(외할아버지)

그리고 이들은 로알드가 일러 주듯 모두 노르웨이 말을 썼다. 어떻게 보아 "여름마다 노르웨이에 가는 건 마치 고향으로 가는 것 같았다"는 게 그의 말이다.

기나긴 여정을 거쳐 이 대규모 가족 여행단은 트렁크와 가방을 잔뜩 들고서 달 부인의 아버지와 어머니인 베스테 파파와 베스테 마마가 두 이모와 함께 사는 오슬로의 집부터 방문했다. 여기서 그들은 노르웨이 전통 음식을 나눴다. 신선한 생선이 듬뿍 상에 올라오고, 집에서 만든 아이스크림에는 바삭하게 녹인 토피 알갱이들이 곁들여져 나왔다. 물론 어른들은 쉴 새 없이 건배를 주고받으며 잔을 들이켰다. "스카알!"을 외치면서 말이다

그 다음 도착한 곳은 바닷가였다. 노르웨이의 해안선은 수많은 섬과 피요르드가 이어지는 마법의 장소다. 피요르드는 좁고 긴 바다 물줄기가 내륙으로 깊숙이 들어와 있는 곳인데, 해안 절벽은 가파르고 바닷물은 아주 깊다. 여름이면 이 바다가 놀라울 만큼 새파랗다. 산비탈은 짙은 녹색의 소나무 숲으로 우거져 있다. 혹

시라도 여러분이 노르웨이의 해안을 방문하게 된다면, 그게 얼마나 아름답고 신비로운지 눈으로 확인할 수 있을 것이다. 피요르드에는 물고기도 아주 많았다. 로알드는 거기서 이복형 루이스와 배를 타고 고기를 잡거나 일광욕을 하며 몇 시간씩 보내기를 아주 좋아했다.

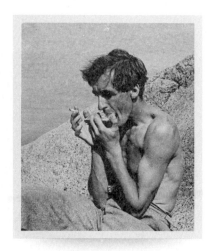

로알드의 이복형 루이스 달

로알드가 더 자라자 달 부인은 낡은 동력선을 한 척 장만해 줬다. 그건 "작고, 바다에서 그다지 유용하지 않은 배였다. 하얀 나무 배의 몸통은 물속으로 너무 깊이 가라앉았고, 동력이라고 해야 겨우 1기통짜리 엔진 하나가 고작이었다."

이런 설명에 따르면 이 배가 그리 안전해 보이지는 않지만, 그래노 로알드와 그의 일행은 이 배를 타고 피요르드를 누비고 색다른 섬들을 찾아다녔다. 거기서 그들은 바위 사이의 풀장을 찾아내고 물고기를 잡고 수영하고 다이빙하며 신기한 곳들을 다녔다. "난파한 배의 나무 뼈대"를 바라보다가 산딸기와 홍합으로 끼니를 때우고 "부스스한 꼬락서니의 긴 털 염소들"을 구경했다. 간혹

오슬로 피요르드에서의 낚시를 즐기는 달 집안사람들

파도가 거칠어지기도 했고 그럴 때면 그다지 좋지 못한 그 배의
일행들은 곤경에 빠지기도 했다. 하지만 로알드는 살아남아 그 이
야기들을 들려주는 이야기꾼이 됐다.

밤이면 로알드의 어머니는 이야기보따리를 펼쳤다. 그녀가 직
접 지어낸 이야기도 있었고 신화, 전설, 동화를 들려주기도 했다.
유명한 노르웨이 작가들의 이야기도 있었다. 노르웨이의 숲과 산,
강과 피요르드에 깃들어 사는 사람과 동물들의 고독하고 힘든 삶
에 얽힌 것들이었다. 어머니는 노르웨이의 신들이 수십 일 동안

끝도 없이 이어진 전투에서 거인들과 싸웠다는 이야기도 들려줬다. 사악한 트롤을 물리친 소년들 이야기, 거인 곤충, 거인 개구리, 구름 괴물 이야기도 있었다. 턱이 갈라질 때까지 웃은 토끼 이야기, 너무 많이 먹어 배가 풍선만 해진 얼룩 고양이 이야기도 있었다. 그 모든 게 너무나 굉장한 마법과 놀라움, 기이하고 섬뜩한 짜릿함을 담고 있었다.

이 모든 게 로알드 달에게 좋은 의미로 놀랍도록 색다른 느낌을 갖게 해줬음이 틀림없다. 그는 제대로 된 영국식 교육과 전통적인 노르웨이식 삶을 동시에 체험하며 자랐다. 그의 가족 말고는 주변에 두 가지 문화를 공유하는 이가 거의 없었다.

색다르다는 건 작가에게 있어 매우 중요한 자질이다. 이런 색다름 덕분에 그런 자신의 존재가 어떤 느낌인지를 글로 써 보고 싶어질 수 있다. 다른 사람들은 모두 당연하다고 생각하는 걸 자신만의 아주 색다른 시각으로 다시 써 보고 싶어질 수도 있다. 때로는 그런 희한하고 특이한 곳들과 독특한 생활 방식을 사람들에게 그저 들려주고 싶어지기두 한다.

다음에 꼬마 거인 선꼬거를 떠올릴 때면 여러분은 어쩌면 저 놀라운 노르웨이 신화를 찾아 읽거나 노르웨이 해안의 사진을 찾아보고 싶어질지도 모르겠다. 그러면서 한 소년의 모습을 떠올릴 수도 있을 거다. 피요르드의 바다에 배를 띄우고서 맑은 물을 들여다보며 생각에 잠긴, 이따금씩 고개를 갸웃거리거나 꿈에 젖은 표

1924년의 사진. 왼쪽부터 로알드, 누나 앨필드, 동생 엘스.

정을 짓는, 뭔가를 꾸미거나 뭔가를 주워 모으는 소년의 모습을.

어느 작가에게나 시간이 꼭 필요하다. 생각하고 갸웃거리고 꿈 꾸고 꾸미고 모으는 시간 말이다. 로알드 달은 그런 시간을 아주 넉넉하게 누렸다.

로알드 달과 음식

초콜릿 말고도 로알드 달이 좋아한 음식은 아주 많다.
그중 몇 가지를 소개한다.

로알드 달이 늘 사랑했던 음식

노르웨이 새우

바닷가재

캐비어

오븐에서 구워 낸 살살 녹는 소고기 요리

로알드 달이 사랑한 푸딩

"크로칸(Krokaan)은 버터와 설탕, 아몬드만 가지고 만들어 낸 바삭바삭하고
아삭거리는 토피다. 묘한 매력이 넘치는 그 맛과 더불어, 씹을 때 바스락거리
는 그 소리가 정말 일품이다. 아이스크림은 어떤 맛을 낸 것이든 대개 부드
럽고 고요한 먹을거리다. 그런데 아이스크림에 크로칸 알갱이들을 섞어 넣
으면 갑자기 씹을 때 엄청 아삭거리는 걸로 둔갑한다. 그 전까지는 조용하게
녹아 목구멍으로 슬쩍 넘어가던 게 말이다."

로알드 달이 사랑한 수프

"클로드니크(Chłodnik)는 검붉은 뿌리채소인 비트를 기본으로 삼아 여러 다양한 먹을거리(특히 바닷가재 살덩어리)를 첨가한 차가운 폴란드 수프다. 얼음처럼 차가우면서도 크림의 넘치는 풍미, 영원히 이것만 먹었으면 싶게 만드는 그 미묘한 유혹의 맛까지, 이건 내가 이제껏 맛본 수프 중 단연 최고다."

로알드 달이 사랑한 가족들과의 아침 식사

핫하우스 에그(Hot house egg)는 이렇게 만든다. 빵 조각의 중간을 동그랗게 잘라 낸다. 버터를 조금 바른 프라이팬에 빵을 올려 양쪽을 고루 굽는다. 계란을 깨서 빵 중간의 빈 곳을 채운다. 흰자가 빵에 부드럽게 붙으면서 빵과 계란이 한 덩어리가 된다. 이 덩어리를 뒤집어 다른 쪽도 살짝 굽는다. "우린 그걸 늘 핫하우스 에그라고 불렀죠." 로알드 달이 말했다. "왜 그랬는지는 묻지 마세요."

로알드 달이 사랑한 평일 점심

진토닉
마요네즈와 상추를 곁들인 노르웨이 새우
킷캣 초콜릿

로알드 달이 사랑한 포르투갈식 저녁

대서양에서 갓 잡아 올려 그릴에 구운 통통한 도버산 가자미
희미한 초록빛을 머금은 포르투갈 포도주
아몬드 파이

렙튼 고등학교의 저녁시간

5장

나만의 글쓰기 스타일 만들기

1930년, 십 대의 로알드 달은 다시 신입생이 됐다. 이번 학교는 더비 근처의 크고 오래된 사립 남자고등학교인 렙튼이었다.

물론 이 학교에서도 교복을 입었다. 그런데 이번 교복은 무슨 가장무도회 복장 같다. 줄무늬 바지에 조끼, 연미복이라 불린 긴 외투, 딱딱한 깃을 단 셔츠(별도의 금속 고리가 있어서 그걸로 셔츠에 깃을 매달아야 했다), 엄청나게 반짝대는 검은 구두, 그리고 마지막으로 보우터 밀짚모자까지. 이 정도 차려입으려면 틀림없이 시간이 꽤나 걸렸을 것이다.

프라이어리 학생들과 젠킨스 선생님 부부. 로알드 달은 두 번째 줄 오른쪽 끝에 있다.

로알드의 하우스는 '프라이어리'였고, 각 학년별로 열두 명씩 총 쉰 명 가까이가 거기에 살았다. 세인트피터스의 하우스와는 달리 렙튼이 하우스는 진짜 하우스였다. 그 집은 렙튼 시내에 있는 학교와는 제법 떨어져 있었다. 하우스 주임선생인 젠킨스 선생님을 학생들은 '빙크스'라고 불렀다. 아무튼, 그의 가족도 그곳에 함께 살았다. 로알드는 젠킨스 선생님을 무척 좋아했다.

이 학교에서, 그리고 엇비슷한 다른 여러 학교의 어린 학생들에게 있어 제일 겁나는 건 상급반 학생들의 끔찍한 통제 아래 살아야만 한다는 사실이었다.

렙튼의 시스템에 따르면 상급반의 선배들이 나이 어린 후배 학생들을 일꾼 다루듯 했다. 달은 일꾼이라기보다 아예 "개인 노예" 같았다고 표현했다. 후배들을 길들이기 위해 선배들은 걸핏하면 아이들을 때렸다. 그러니까 매질당하는 노예로 1학년을 시작해 새로 들어온 아이들을 때려대는 노예 주인으로 졸업하는 체제였던 것이다. 그건 폭력으로 훈련시키는 체제였다. 하지만 그런 학교의 교장들은 그게 리더십 훈련이라고 생각했다. 여러분도 그리 생각하시는지?

『보이』에서 로알드는 그가 그 온갖 학교 폭력과 매질, 더러운 짓을 얼마나 싫어했는지를 이야기한다. 그 책에 실린 이야기가 정말 끔찍했다고 생각한다면, 그가 썼던 『보이』의 초고에 실린 내용들을 보게 되었을 때 경악하여 입을 다물지 못할 것이다. 그야말로 처참한 폭력이 난무하는 내용들인데, 한번은 선배들이 옷을 입고 있는 로알드를 차가운 물이 든 욕조에 집어넣은 뒤 머리를 물속으로 짓이겨 박았다고 한다.

그런데 거기서 신기한 현상이 벌어진다. 어느 초고를 보면 로알드는 구타가 벌어진 뒤 아이들이 서로 동정하지 않았다고 적었다. 서로 달래는 대신 그들은 "이 용납할 수 없는 고문에 대해 희한하게 무관심했다. 안 그러면 정신이 돌아 버렸을 테니까." 만약 그때 자기들이 뭉쳐서 서로 위로하고 힘이 되어 주었다면 "내 생각엔

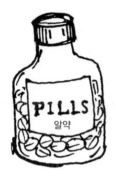

아마 우리 모두 미쳐 버렸을 것"이라고 로알드는 말한다.

앞서 보았듯, 로알드는 병 걱정을 아주 많이 했다. 그가 실제로 병을 앓았는지 어떤지는 분명치 않다. 집으로 보낸 편지에서 그는 어머니에게 걸핏하면 알약이나 목캔디, 연고 등을 비롯해 온갖 약을 보내 달라고 부탁한다. 그는 시도 때도 없이 티눈, 기침, 감기, 두통, 변비, 약한 뼈 등에 대해 투덜거렸고, 심지어 심장이 좀 약한 게 아닐까 하는 얘기까지 했다. 학교에서 학생의 심각한 질병에 대처하는 건 사감선생님의 몫이었지만, 기침약 같은 경우에는 아이들이 스스로 챙겨 먹었다. 로알드는 물론 직접 챙겨 먹었다. 집으로 보낸 편지에서 늘 아프다는 얘기를 늘어놓다 보니, 달 집안에서는 로알드가 그리 튼튼한 놈이 아니라는 인식이 강했다.

렙튼의 선생님들은 로알드에 대해 할 얘기가 아주 많았고, 그게 전부 좋은 말은 아니었다. 세인트피터스의 선생님들과 달리, 렙튼의 한 선생님은 그가 "좀 웃기는 멍청이라서 이해력이 떨어진다"고 했고, 다른 선생님은 그가 "발작적으로 어린애처럼 굴고" "발작적으로 뚱해 있곤" 한다고 했다. 한 선생님은 로알드가 "틈만 나면 엉망진창 뒤죽박죽을 만드는 아이여서 자기가 말하고 싶은 것, 쓰고 싶은 걸 일부러 거꾸로 표현한다"고 했다. 다른 선생님들도 로알드가 게으르고 둔하며 고집이 센, 자기애가 너무 넘치는 아이라고 평가했다. 어쩌면 그런 평가들 중 일부가 사실일 수도 있을 테고, 혹은 로알드가 그저 십 대의 반항 같은 걸 하고 있었던 것일 수도 있다. 지금 그걸 알 도리는 없다.

하지만 우리가 잘 알 수 있는 건 그의 글들이다. 집으로 보낸 그의 편지들은 때로 아주 훌륭했다. 이건 렙튼에 진학한 지 일주일 만에 쓴 편지다

수학 담당인 스트릭랜드 소령('스트리커')은 OTC 담당 교관이기도 한데, 정말 끝내주게 재미난 사람이에요. 이를테면 갑자기 어느 학생한테 "너 달팽이냐? 끈적끈적한 꽁무니를 길게 늘어뜨리는 그런 놈이냐?"라고 물어요. "아닙니다"라고 대답하면 이렇게 또 말하죠. "흥, 곰팡이 같은 놈. 나약해 빠져서는!"

연설을 늘어놓을 때면 "이해하겠어"를 연발하기도 해요. 그걸 여섯 번 정도 반복하는데, 점점 더 커다란 목소리로, 혹은 점점 더 부드러워지는 목소리로 그걸 반복하죠. 그러다 결국엔 어떤 농축된 중얼거림 상태로 빠져들고 말아요.

그는 학생들이 말꼬리를 잡고 늘어져도 크게 신경 안 쓰는데, 어쩌면 그걸 좋아하는지도 모르겠어요. 그는 논쟁을 벌일 때도 아주 웃

겨요. 가령 그는 대답이 떠오르지 않으면 "음, 너희들......"이라고

해놓고선 '너희들' 다음부턴 중얼대기 시작하죠. 그렇게 점점 더

큰 목소리로 중얼대다가 끝내는 깊은 저음의 꽁 소리를 내요.

제가 보기에 이 선생님은 좀 반푼이 같아요. 그는 작은 키에 야생

딱총나무 열매 같은 얼굴을 한 사내인데, 콧수염은 꼭 아프리카 정

글을 닮았어요. 목소리는 개구리 같고, 가슴 근육은 아예 없고 똥

배는 장난 아니예요. 무슨 꼭 꾸르륵대는 배불뚝이 하운드 같다니

까요.

치약이랑 칫솔 보내는 거, 제발 잊지 마세요.

사랑을 담아,

로알드가

편지를 보면 알 수 있듯, 이미 로알드는 오로지 재미만을 위해
글을 쓸 줄 알았던 것으로 보인다. 이런 글은 숙제나 시험이 아니
었다. 자신의 어머니를, 또 그녀가 그 편지를 보여 줄 다른 사람들
을 즐겁게 하기 위해 쓴 글인 것이다. 여기, 로알드가 어머니에게
건네는 충고를 보시라.

요즘 그림 엄청 그리시는 것 같아요. 그런데 화장실 그림 그리실 때 좌변기는 부디 그리지 마세요. 그걸 촉촉하게 진득진득하게 그려 놓았다가 어떤 재수 없는 사람이 그게 그림인지 몰라보고 거기 앉아 버리면, 맙소사, 엉덩이를 잘라 내거나 혹은 어딜 가든 엉덩이에 그 변기를 붙이고 다닐 게 아니라면, 그 인간, 평생 거기 들러붙어 살아야 할 테니까요…….

이건 그야말로 내가 아는 로알드 달의 글 같다. 낄낄거리게 만들고 일면 버릇없으면서 한껏 과장된 그런 글 말이다!

주임선생님의 괴상한 행동과 로알드의 날로 커지는 과장법 애용 사례는 다음 글에서도 확인할 수 있다.

월 선생은 교사들 중 제일 성질이 더러운데, 그것만 아니면 제법 좋은 사람이에요. 성질을 부릴 때면 아주 제대로 미쳐 버리는데, 교실을 마구 뛰어다니고, 뭐가 잔뜩 올려져 있는 자기 책상을 송두리째 뒤집어 버리기도 하고, 교실 안의 모든 가구를 있는 힘껏 뻥뻥 걷어차곤 해요. 특히 거대한 괘종시계가 제일 불쌍한데요, 월

선생의 발길질에 이 시계의 존재가 차츰차츰 지워지고 있어요. 온갖 고함을 지르면서 교실을 이리저리 뛰어다니다가, 지난 수요일에는 거의 창문 밖으로 뛰어내리기 일보직전까지 갔다니까요!

물론 로알드는 좋은 성적을 얻기 위해 노력하는 학생이었다. 학교도 어머니도 그걸 중요하게 여겼지만, 그는 성적을 가지고도 농담을 일삼았다.

추신: 지난 금요일에 우리 반 담임이 제게 마이너스 100점을 줬어요. 아마 이번 학기 중간쯤 되면 제가 꼴찌쯤 할 것 같아요.

로알드의 어머니는 이런 그의 농담을 틀림없이 즐거워했을 것이다. 로알드는 어머니를 웃기기 위해 노력하고 또 노력했다. 그런데 내 생각에 그는 어머니를 안절부절못하게 만드는 것 또한 즐겼던 것 같다. 프라이어리 하우스에 화재가 발생했을 때 일어난 극적인 사건들을 묘사한 글을 보자.

불길은 어마어마했고 열기도 굉장했어요. 냄새가 건물에 가득 찼으니까요. …… 연기는 결국 목구멍까지 밀려들었고 전 밤새 기침에 시달렸어요. 하지만 우린 이제 안전하다는 소방관들의 이야기에 침실로 다시 돌아가야 했죠. 우리 눈엔 침실이 겨우 널빤지 두 장으로만 가려진 것 같은데도요. 우리는 조심조심 계단을 올라갔고(거기도 온통 시커먼 게 석탄 때깔이었어요), 물론 실내의 모든 불은 진작부터 꺼져 있었어요. 우린 아주 형편없이 지저분한 침대로 기어올라 가야 했고, 어떻게 잠이 들었는지 모르지만 겨우 잠을 자긴 했어요. 아침에 환해진 뒤 보니 건물은 더 흉측스러웠어요. 복도는 완전히 새까맸고, 서재는 그야말로 텅 비어 있었어요.

내가 로알드의 이 글을 좋아하는 건, 현장의 느낌이 너무 생생하게 전달되기 때문이다. 눈앞에서 그 광경을 보는 듯하다. "널빤지 두 장으로만 가려진 것 같은" 침실, "형편없이 지저분한" 침대, "환해진 뒤 보니 더 흉측스러워 보이는" 건물 등. 선명한 그림이 머릿속에 생생하게 그려지지 않는가.

우리는 또 로알드의 다른 감각들도 읽어 낼 수 있다. 열기가 느껴지고, 불이 그의 목구멍까지 밀려들었고, 그 화염의 냄새까지 느껴지는 것이다. 마치 그의 안내 아래 화재현장을 한 바퀴 돈 기분이다. 아니, 그 전에 화재가 일어난 걸 쳐다보다가, 침실로 이어지는 계단도 올라가 침대에도 누웠다가, 아침에는 서재까지 둘러보는 것이다. 이런 생생함 덕분에 그의 글은 살아 움직이는 것처럼 느껴진다.

이 이야기에서는 속도의 변화도 느껴진다. 글의 처음에서는 치솟는 불길에 기침, 소방관 등 뭔가 많은 일들이 벌어진다. 하지만 글을 맺을 때는 깜깜함과 텅 빈 곳만이 존재한다. 로알드는 필요하면 '석탄 때깔'처럼 새로운 말을 서슴없이 지어내기까지 한다.

로알드는 교내 시 경연 대회에 응모하기도 했는데, 다음은 그가 쓴 시 중 내가 좋아하는 구절이다.

늦은 구름들이 개구리 알처럼 하늘을 망쳐 놓는 저녁

지극히 평범한 것들을 뭔가 별나고 놀릴 만한 것으로 바꿔 놓지 않는가. 저녁 하늘의 구름을 개구리 알에 비유하는 사람이 많지는 않을 텐데, 로알드 달은 대뜸 그러고 만다. 우리가 전혀 상상하지 못했던 희한한 비유로 우리의 관심을 끄는 작가가 있다면, 그 글은 좋은 글이라고 믿어도 좋을 것이다.

그는 혼자 지내는 걸 힘들어하지 않았다. 동급반 학생들은 그가 혼자 학교 근처의 풀밭이나 언덕으로 가서 물고기를 잡고 새 알을 모으는 일을 좋아한다는 걸 알고 있었다.

로알드는 사진으로도 큰 인기를 끌었다. 그는 여러 카메라나 필름에 관한 이야기로 많은 편지를 채웠다. 때로는 어머니에게 자기 사진을 잘 좀 인화해 달라고 부탁했고, 어떨 땐 이미 인화한 사진을 집으로 보내면서 그 사진에 등장하는 게 누구인지, 무엇인지를 길게 설명하기도 했다. 『보이』를 보면 로알드가 어른이 되어서도 자신이 취미로 사진을 하게 된 걸 참으로 뿌듯해하고 있음을 알 수 있다.

그런데 사진은 글쓰기와도 깊이 관련되어 있다. 주의 깊게 사진을 찍고 그걸 보관하다 그걸 언제 사람들에게 보여줄지를 선택하

렙튼에서 찍은 사진

는 일은 마치 작가가 흥미로운 소재들을 모아 저장해 두었다가 언제 그걸 글쓰기에 써먹을지를 결정하는 일과 같다. 여러분 자신의 사진을 펼쳐 놓고 사람들에게 그 사진에 담긴 이야기를 들려줘 보시라. 사람들을 어떻게 하면 즐겁게 할 수 있는지, 그들이 흥미로워 하는 게 무엇인지, 어떤 과장과 농담을 살짝살짝 곁들일 수 있을지 등을 여러분은 그 과정에서 배울 수 있을 것이다.

로알드의 다음 편지를 보면 그가 바로 이런 심산이었음을 엿볼 수 있다.

어느 날 친구들이랑 파이브스(Fives) 시합을 하면서 제 오른팔을 한번 아름답게 휘익 돌려 주었더니, 갑자기 한 친구의 안경이 그의 머리에서 벗겨져 날아가기 시작했어요. 불행히도 그 친구의 머리가 있던 데가 제가 던진 공의 궤적과 정확히 일치했던 거죠. 바닥에 떨어져서도 계속 굴러가던 그의 안경은 결국 수십만 개의 조각들로 산산이 부시지고 말았어요(물론 이 숫자는 제가 일일이 헤아려 보고 말씀드리는 겁니다). 결국 그 친구는 안경 너머로 세상 구경을 다시 하기까지 하루나 이틀의 시간을 기다려야만 했어요.

그의 편지에서 볼 수 있는 그의 또 다른 관심사는 그가 그토록 좋아하던 비스킷과 케이크에 관한 얘기들이다. 훌륭한 과자를 보내 주었다고 어머니에게 고마움을 이야기하는 글도 아주 많다. 아래에 있는, 기가 막히게 달콤한 토피 조리법을 보면 정말 유명한 어느 초콜릿 공장 주인이 떠오른다.

어제는 제가 직접 멋진 토피를 만들어 봤어요. 그런데 이게 진짜 끝내줬어요. 재료라고 해 봤자 설탕 900그램, 버터 약 230그램, 네슬레 연유 두 깡통, 그리고 당밀 약간 정도여서 돈이 얼마 들지도 않았어요. 이 반죽을 기름칠한 양철 뚜껑에다 부어 놓고, 필요할 때마다 잘라서 먹었죠. 물론 아주 부드러운 토피였는데, 진짜 끝내줬다니까요.

그새 로알드에게는 놀라운 비밀 하나가 생겼다. 사실 이건 꽤나 엄청난 비밀이어서, 그가 어떻게 흥분에 겨워 냉큼 주변에 떠벌리지 않을 수 있었는지 신기할 정도다.

다른 학생들이나 주임선생님들은 그에게 오토바이가 생겼다는 사실을 전혀 눈치채지 못했다. 그는 그걸 근처의 어느 농장 헛간에 감춰 뒀고, 주말이면 그 멋진 500cc 아리엘 오토바이를 타

로알드 달이 타고 다닌
500cc 아리엘의 위용

고 시골길을 누볐다. 고글과 헬멧, 낡은 외투와 부츠로 중무장한 그를 누구도 알아보지 못했다. 렙튼 시내에서 선생님들 코 밑으로 붕붕 몰고 다닐 때도 말이다. 학교 밖으로 나가면서 로알드는 늘 즐기던 산책을 떠난다고 말했을 것이다. 누가 혹시 따라오지는 않는지 확실히 해 둔 다음에…… 그 비밀 헛간으로 가서…… 오토바이에 올라타고서…… 시동을 걸어…… 부릉대는 엔진 소리를 만끽하다…… 도로 위까지 살살 몰고 나가…… 울타리와 나무들 곁을 달리며 시서히 속도를 올리기 시작해 드디어 굉음을 내지를 때까지…… 자신만의 세계에 빠져…… 학교로부터 멀리…… 모든 것들로부터 멀리…… 그렇게 달리는 그의 모습이 상상되는가. 이건 마치 그의 책 속에 등장하는 이야기들 같다.

로알드가 프리펙트 완장을 한 번도 찬 적이 없다는 건 그리 놀랄 일이 아니다. 프리펙트란 하급반의 어린 학생들을 감독하는 학생을 말한다. 교장선생님과 하우스 주임선생님은 로알드가 규칙을 잘 지키는 학생은 아니라는 걸 한눈에 알아봤을 것이다. 선생님들이 보기에 로알드는 예측이 불가능한 아이였고, 다른 아이들 위에서 주름잡는 걸 좋아하는 학생도 아닌 것 같았다. 만약 선생님들이 억지로 로알드를 프리펙트 자리에 앉힌다면 그가 이상해져서 미친 짓을 하게 될지도 모른다는 생각마저 들 정도였다!

토일드는 학교를 졸업하는 게 전혀 섭섭하지 않았다. 사실은 정반대였다. 『보이』에서 그는 말한다. "한 치의 후회도 없이 나는 렙튼과 영원히 작별하고서 내 오토바이에 올라 켄트(에 있는 벡슬리의 집으)로 돌아갔다."

그렇지만 그가 렙튼을 흔쾌히 떠났다고는 하더라도, 그 학교가 그에게 선사한 것이 하나 있었다. 그것은 바로 그의 글쓰기 능력을 계발할 기회였다. 그가 아직 렙튼의 학생일 때 쓴 「꿈」이라는 제목의 놀라운 글을 보자.

꿈

꿈에 빙산을 봤다. 차가운 바다 위에 떠 있는 그 거대한 빙산은 마치 잠든 듯 미동도 하지 않았다. 포근한 안개가 빙산을 온통 가리고 있어서, 오로지 가느다란 하얀 선 하나만 보일 뿐이었고, 그 선을 따라 바닷물이 연신 찰싹거리고 있었다. 저게 뭘까 의아해하고 있는데 안개가 걷히더니 빙산이 눈에 들어왔다. 그건 마치 저 멀리 북극의 얼어붙은 해변이 거대하게 툭 떨어져 나온 듯 단단하고 차가워 보였다.

나는 잠에서 깬 뒤 팔을 뻗어 바닥에 떨어지려는 이불을 끌어당겼다. 들판에는 흰서리가 두껍게 내려 있었고, 우리 안의 양들은 온기를 나누려고 다닥다닥 한 덩어리로 붙어 앉아 있었다.

이번 꿈에는 우리 집 정원의 수도꼭지가 보였다. 여기에 낡은 물뿌리개가 하나 달려 있었는데, 모리스 자동차의 타이어를 교체할 때도 절대 지렛대를 사용하는 적이 없는 재주꾼 베크조차도 거기서 물이 똑똑 떨어지는 건 어찌하지 못했다.

꿈 속에서 그 물뿌리개는 여전히 물을 똑똑 떨구고 있었는데, 그 물방울들이 만든 조그만 구멍 안에 동그란 갈색 조약돌이 하나 있었다. 그런데 그 돌 아래 다리가 낀 채로 유령거미 한 마리가 파들거리고 있었다.

물방울은 물뿌리개의 주둥이에 송알송알 투명하게 맺혀 있다가 툭 떨어져 아래의 유령거미에 부딪친 뒤 잘게 튀었다.

난 잠에서 깨어 침대 비로 옆의 창문을 닫고 침대 시트로 내 얼굴을 훔쳤다. 불쌍한 유령거미 같으니.

다시 꿈을 꾸는데, 이번엔 비스케이 만에 와 있었다. 주변은 온통 바다였다. 북극에서 내려온 바닷물이 상처 입은 호랑이마냥 거세게 출렁거렸다. 거대한 산 같은 파도가 이리저리 일렁였다. 그 큰 물결은 험상궂게 불쑥 솟아올랐다 잠시 멈추는 듯하더니 이내 무자비하게 몸을 말았다. 그 들끓는 물이 보여주는 초록과 하얀 혼돈은 마치 상처 입은 호랑이가 드러낸 하얀 이빨 같았다.

고개를 들면 위로는 온통 물기를 머금은 시커먼 구름이었다. 거센 비를 뿌려대는 그 구름들은 꼭 기름을 가득 채운 종이 비행선들 같았다.

난 뗏목 위에 널브러져 비스케이 만에 저주를 퍼부었다. 나의 그 기분을 제대로 표현하는 데는 내가 그토록 경멸한 그 언어[라틴어] 가 제격이었다. 나는 아이네이아스만큼의 비통함을 담아 울부짖었다. "메 미세룸, 콴티 모네스 볼루쿤투르 아쿠아룸(Me miserum, quanti mones volucuntur aquarum)!" 그러면서 난 아이네이아스가 좋아지기 시작했다……

그날은 학기의 마지막 아침이었다. 침실에서 친구들은 나를 깨울 묘책을 찾아낸 것이 틀림없다. 네 명이 작당하여 나를 바닥에 굴러 떨어뜨리려 한 것이다. 그들의 머리로는 내 어깨를 흔들어 깨우는 게 더 빠른 방법임을 깨닫지 못했던 것이다. 하지만 결국엔 그 마지막 아침에 아무 일도 일어나기 않았다.

다행히도 난 내 뗏목이 가라앉기 전에 잠에서 깼다. 안 그랬으면, 놀랍게도 대서양의 바닥이 플랑크톤이나 유공충의 분비물로 이뤄진 게 아니라 렙튼 학교의 방바닥으로 이뤄졌음을 알게 됐을 테니까. 그런 재미없는 발견을 위해 그렇게 세게 추락할 이유는 없었다.

이런 글 어떠신지? 난 이런 글이 참 좋다. 이건 꿈꾼 일에 대한 기록일 뿐만 아니라 꿈꾸듯 읽을 수 있는 글이기 때문이다.

렙튼과 영영 이별하기 직전, 로알드는 영어와 역사, 수학, 과학, 프랑스어, 종교학 시험을 통과했다.

그는 스물다섯 번째 생일이 되면 아버지의 유언에 따라 매달 조금의 돈을 정기적으로 받게 될 것을 알고 있었다. 하지만 그건 여러 해 뒤의 일이었다. 그와 같은 처지의 다른 젊은이들은 육군, 해군, 공군에 입대했다. 다른 이들은 교회나 수도원의 성직자가 되거나 목사가 됐다. 하지만 이런 일들 중 그 무엇도 로알드의 흥미를 끌지는 못했다.

교장선생님은 로알드에 대해 이렇게 말했다.

"로알드는 야심과 진짜 예술가의 감각을 지녔다. 그가 자신에 대한 통제력만 갖춘다면 훌륭한 지도자가 될 것이다."

이건 그러니까 로알드가 언젠가는 글쓰기나 음악, 예술 분야에서 큰 업적을 이루리란 예측이었다. 그러려면 로알드 스스로 마음을 다잡아야 한다고 덧붙이긴 했지만!

오호, 로알드의 교장선생님, 선견지명이 보통 아니신 듯?

2부

달 아저씨

나이로비에서 훈련받을 때의 모습

사업가가 된 로알드 달

6장
달 아저씨,
꿈을 향해 날다

1934년 7월, 로알드 달의 학창 시절은 끝이 났다. 그때 만 18세를 눈앞에 둔 로알드 달은 앞날이 창창한 청년이었다. 그런데 그때 그는 자신의 삶을 어떻하려 했을까? 그때는 아직 작가가 되기 전이었다. 당시 그는 자신이 글쓰기를 직업으로 삼으리라는 생각을 전혀 하지 못한 상태였다.

하지만 그에겐 정말 하고픈 일이 많았고, 진짜 잘하는 일도 많았다. 사진 찍는 일, 음악 듣는 일, 야생 소류 관찰, 신나게 놀기, 온갖 장난과 농담 꾸며 내기, 여행하기, 오토바이 타기, 발명품 만들기, 모험 즐기기, 크리켓 등 방망이나 작대기 같은 걸 들고 둥근 공을 때려대는 온갖 게임 놀이, 가족(특히 이복 형제인 루이스)과 함께 나들이하기, 그리고 물론 글쓰기까지.

하지만 그중 어느 것도 그가 보기에 직업이 되겠다 싶은 건 없었다.

그는 공부를 더 하거나, 대학에 진학하는 것도 못마땅했다. 바로 이런 이유 때문에 그는 렙튼에서의 마지막 학기 때 해외 곳곳에 지사를 둔 어느 기업에 지원해서 취업 허가를 받았다. 그가 진정 원했던 것은 세계를 여행하는 일이었기 때문이다.

우선 로알드는 직업 훈련을 받았다. 그 후 4년간, 그러니까 스물두 살이 되기까지 그는 석유 회사 쉘에서 일했다. 정유 공장에서 일하기도 했지만, 대부분은 런던에 있는 사무실에서 지냈다.

그는 여전히 벡슬리에 있는 집에서 살았다. 여가 시간에 그는 음악을 듣고 소설을 읽었는데, 특히 미국의 최신 범죄 소설을 좋아했

런던의 쉘 멕스 하우스

다. 그는 사진 찍기도 계속했고, 직접 꾸민 암실에서 그 사진들을 현상하기도 했다. 디지털 카메라가 발명되기 한참 전이던 때였으므로 현상 과정은 아주 오래 걸리는 길고 고단한 작업이었고, 그만큼 매력이 넘쳤다.

잘 찍어 왔다고 생각하는 장면들은 필름 뭉치 깊숙이

감춰진 채 숨어 있다. 이제, 여러분은 딱 적당한 분량의 화학 물질들을 잘 섞어 현상액을 만들고, 거기다 필름을 딱 적당한 시간만큼 담가야 한다. 아예 깜깜하거나 희미한 붉은 빛만 어슴푸레한 암실에서 말이다. 그런 과정을 거쳐야 여러분이 찍은 사람 얼굴, 산, 해변, 크리켓 팀 등이 종이 위에 마법처럼 모습을 드러낼 수 있다.

로알드는 단편소설들을 쓰기 시작했고 '디피 두드 씨'라는 등장인물을 만들어 내기도 했다. 그 작품은 쉘의 사내 잡지에 실렸다.

> 두드 씨는 정말 훌륭한 음악가입니다. 그가 '입으로 부는 오르간 [하모니카]'을 물고 있지 않은 모습만 보고서 깜박 속아서는 안 됩니다. 두드 씨는 하모니카 연주에도 아주 능숙한 음악가일 뿐만 아니라 하모니움[발 풍금], 유포니움[금관악기의 일종], 판데모니움 [혼돈], 색소폰, 비브라폰, 딕타폰[구술 녹음기], 글로켄슈필[철금], 카타르[코감기] 등도 곧잘 다룹니다. …… 당신이 보기에 두드 씨 같아 보이는 사람이라면 거침없이 한판 맞붙어 봐야 합니다. 두드 씨로 오인된 사람들은 누구든지, 특히 시의원과 대십사, 퇴역 대령 이라면 더더욱, 그런 일을 진심으로 즐기니까 말입니다.

언뜻 보기에 이 이야기는 아주 진지한 글 같지만, 사실 이 글은 일종의 속임수 글이다. 뭔가 있는 척하지만 실제로는 조롱과 유희

뿐인 그런 글 말이다.

　로알드 달의 글쓰기 스타일이 이렇게 시작됐다는 게 보이시는 가? 진짜 악기 이름을 웃기는 다른 이름들과 마구 섞어 놓은 이 목록을 보면 훗날 로알드가 쓴 어린이 소설의 느낌이 물씬 풍기는 것 같지 않은가!

　로알드가 런던에서 4년 동안 시시한 일들을 한 뒤, 다시 큰 모 험을 시작한 해는 1938년이었다. 마침내 그 석유 회사가 로알드 를 해외로 파견했다.

　동아프리카의 그 파견지로 가기 위해 로알드는 배를 타고 우선 케냐의 몸바사로 갔다. 거기서 그는 당시 아주 작은 도시였던 탕가 니카(오늘날에는 탄자니아라고 불리는 나라)의 수도 다르에스살람 까지 여행을 계속했다. 이제껏 책에서나 봤던 야생의 세계가 홀연 그를 둘러쌌다. 코끼리, 표범, 사자, 기린, 뱀 같은 것들의 세계.

　그런데 탕가니카에서의 생활은 막 변화를 앞두고 있었다. 실은 전 세계가 거센 변화와 직면해 있었다. 왜냐하면 1939년에 독일 이 폴란드를 침공했고, 영국은 히틀러의 독일에 전쟁을 선포했다. 그렇게 제2차 세계대전이 일어났다.

　로알드는 영국 공군에 편지를 보냈다. 조종사가 되고 싶다는 입 대 지원서였다. 공군에서도 그를 조종사로 훈련시키겠다는 데 동 의했다. 이어서 그는 어머니에게도 편지를 보내 공군 입대가 "얼 마나 재미난 일일지"를 알렸다. "뜨거운 태양 아래서 여기저기로 행군해야 하는" 육군보다 공군이 훨씬 나을 것이며, 무엇보다 공군에서는 그에게 비행기 조종술을 가르칠 것임을 말이다.

로알드 달은 온갖 잡동사니와 기계들을 좋아했고, 속도를 즐겼다. 그는 재미난 걸 진짜 좋아했다. 그는 혼자 보내는 시간도 아주 좋아했다. 그게 오토바이 타기든, 암실에서의 시간이든, 음악 듣기든, 혹은 노르웨이의 거친 바다에서 마구 흔들거리는 배를 타는 일이든 말이다. 그는 또한 위험을 감수하는 일도 좋아했던 것 같다. 로알드는 그 전쟁이 얼마나 살벌하고 지독한 전쟁으로 전개될 것인지를 전혀 예상하지 못했고, 얼마나 끔찍한 인명 피해가 발생할지도 몰랐다. 특히 자신과 같은 젊은 조종사들이 얼마나 많이 목숨을 잃게 될지에 대해서도 전혀 상상하지 못했다.

그렇게 로알드는 다르에스살람을 떠나 케냐의 나이로비로 향했다. 거기서 영국 공군이 그에게 조종술을 가르칠 예정이었는데…… 가자마자 그에게 큰 문제가 발생했다. 그건 '큰 문제' 중에서도 '큰 키에 따르는 문제'였다. 2미터 가까운 그의 키 때문에 전투기의 조종석에 들어가 앉을 수 없었던 것이다.

당시의 비행기는 '타이거 모스'였다. 오늘날의 비행기에 견주면

이 비행기는 아주 작고 힘없고 약했다. 박물관이나 인터넷에서 이 비행기를 찾아보면 어떤 건 조종석 덮개도 없음을 볼 수 있다. 조종사가 바람에 노출되는 것이다. 대부분의 비행기에는 오픈카처럼 앞 유리창만 달려 있었고, 그래서 딱 그만큼만 조종사의 얼굴을 가려 줄 뿐이었다. 그런데 로알드의 키는 그의 머리가 그 앞유리창보다 훌쩍 위로 올라올 만큼 컸다. 그러니까 비행기의 속도를 높여 날면 그는 제대로 숨을 쉴 수가 없었다는 뜻이다. 하지만 로알드는 편법을 찾아냈다. 그는 얄팍한 면 조각으로 코와 입을 단단히 가려 숨이 막히는 일을 피했다.

그는 금세 비행기와 사랑에 빠졌다. 어머니에게 보내는 편지에 "이렇게 즐거웠던 적이 있었나 싶어요"라고 쓸 정도였다. 폴란드와 프랑스 등 저 머나먼 곳들에서는 처참한 일이 벌어지고 있었지만, 로알드는 케냐의 아름다운 열대 초원과 아프리카 동부의 대지구대 위를 날며 숨이 멎을 듯한 절경에 감탄하고 있었다. 조그만 비행기를 땅 가까이 몰면 기린이나 누 떼가 이리저리 몰려다니는 모습이 한눈에 들어왔다. 그런 풍경은 지구상의 극소수에게만 허락된 것이었다.

작가라면 누구나 중요한 어떤 걸 직접 보고 듣고 경험하고 싶어 한다. 그래야만 독자들에게 그 체험의 신선함을 고스란히 전달할 수 있기 때문이다. 나보다 로알드 달을 더 가까이 알고 지낸 사람들에 따르면, 로알드는 사람들에게 새로운 이야기를 들려주고 난 뒤 느끼는 뿌듯함을 아주 좋아했다고 한다. 그는 비밀스러운 걸 알고 있다가 그걸 누군가와 나누거나 누군가를 소스라치게 하는 걸 아주 좋아했던 것이다.

하지만 좀 더 심각한 순간이 곧 닥쳐왔다. 로알드와 그의 동료 훈련생 열여섯 명은 우간다로, 이어서 카이로와 이라크로 이동했다. 북아프리카의 뜨겁고 건조한 기후에 적응하는 전투 훈련 과정이었다. 이제 그런 곳들에서까지도 전투가 벌어지고 있었던 것이다. 로알드의 조종 연습 과정이 끝난 것은 이라크에서였다.

그와 다른 조종사들은 오전에 호커 하트와 아우다체 같은 비행기를 몰고 훈련했는데, 여기엔 폭탄과 기관총이 실려 있었다. 즉 비행법을 훈련하는 단계를 이미 넘어선 것이다. 그것은 전쟁 연습이었으며, 인명 살상을 배우는 과정이었다. 하지만 오후의 여가 시간이면 그들은 고대 도시 바그다드를 누비고 다닐 수 있었다. 섭씨 50도에 이르는 그곳의 낮은 믿을 수 없이 뜨거웠다. 파리와 모래 폭풍, 전갈과 뱀 등과 어울려 살아가야 하는 하루하루였다.

몇 달 후 로알드 달은 공군 소위가 됐다. 모든 시험을 '최고의 성적'으로 통과했다. 조종사 마흔 명 중 그는 3위를 했다. 1, 2위를 차지한 두 명은 전쟁 전부터 비행기를 몰 줄 아는 사람들이었다. 어느 보고서를 보면 그의 비행 기술은 아주 출중했다고 한다. 그는 급강하, 급선회, 90도 낙하와 90도 상승뿐만 아니라 공중제비처럼 보기에도 섬뜩한 비행술까지 터득했다. 그는 영국 공군 배지를 달고 다니는 걸 아주 자랑스러워했다.

때는 1940년 9월이었다. 막 스물네 살이 된 로알드에게 일생일대의 큰 사건이 일어났다. 그날 그는 글로스터 글래디에이터라는 작은 비행기를 몰고 수에즈 운하에서 북아프리카 사막의 어느 비밀 장소로 날아가고 있었다. 중간에 그는 이집트의 알렉산드리아 근처 어느 조그만 활주로에 내렸다. 거기는 천막 몇 개와 다른 비행기 몇 대뿐인 곳이었다. 그는 그곳에서 연료를 더 채웠다. 몸은 이미 피곤했고 해도 곧 저물 것 같았다. 로알드는 부대장에게 사정을 알리고 어찌할지를 물었다. 부대장은 로알드에게 지도를 꺼내라고 한 뒤 사막 한가운데의 어느 지점을 가리켰다. 로알드는 거기 도착할 때면 너무 어둡지 않을까, 그래서 위장술로 가려 놓은 활주로를 찾지 못하면 어쩌나 걱정했다.

"못 찾을 리가 없네." 부대장이 그를 안심시켰다.

하지만 얼마 지나지 않아 로알드의 근심은 더욱 커졌다. 그가 날고 있는 사막 위의 하늘이 점점 어두워지고 있었기 때문이다. 바람에 모래가 미친 듯이 흩날렸다. 아래로는 바위와 모래, 조그만 계곡과 언덕 따위가 끝없이 길게 펼쳐져 있었다. 아무리 집중해서 활주로나 천막 혹은 다른 비행기 따위를 찾으려고 해도, 도무지 눈에 띄는 게 없었다. 아무것도 보이지 않았다.

어느새 연료도 바닥나고 있었다. 알렉산드리아로 돌아가기에도 이미 연료가 부족했다. 로알드는 어떻게 해야 했을까? 여러분이라면 어떻게 했겠는가?

로알드는 운명에 맡기기로 했다. 그는 편평한 땅을 찾아 비행기를 착륙시킬 수 있을 것 같았다. 그래서 그는 땅을 향해 내려가며 서서히 속도를 줄였고 부디 아무 일 없기를 빌었다. 하지만 그 기도는 소용이 없었다. 내려가던 비행기가 바위에 부딪혔고 그러면서 비행기 앞이 땅에 처박히며 뒤집어졌다. 엉망으로 망가진 그 비행기 안에 로알드가 타고 있는 채로 말이다.

그는 비행기에 머리를 세게 부딪혔다. 남아 있던 연료에 불이 붙기 시작하면서 비행기 전체가 불길에 휩싸였다. 비행기에 실려 있던 총과 탄환들에 불이 붙으면서 여기저기로 마구 발사되기 시작했다. 그중 하나가 얼마든지 로알드를 맞힐 수도 있었다.

이 사고에 대한 당국의 공식 보고서를 보면 이렇게 적혀 있다.

> 조종사 달 소위는 제102 지원 부대에서 머사 마트루 부대로 비행기를 옮기던 중, 사막에서의 비행에 익숙하지 않았던 탓에 부대 서쪽 약 3킬로미터쯤에 비상착륙을 해야 했다. 하지만 비상착륙은 성공하지 못했고 비행기는 불타고 말았다. 조종사는 심한 화상을 입은 채로 육군 야전병원으로 이송됐다.

다행이었던 것은, 근처 기지에서 두 병사가 로알드의 비행기가 하강하는 걸 보고 현장으로 출동했다는 점이다. 로알드는 불시착의 충격과 화상으로 신음하고 있었고, 비행기는 엉망으로 망가진 채였다. 사고 지점으로 달려간 병사들은 처음에 그게 영국 공군기인지도 몰랐다고 한다. 그들은 로알드를 기지로 옮겼고, 군의관들은 그가 이탈리아 조종사인 줄 알았다. 즉 적군인 줄 알았던 것이다! 마침내 그들은 로알드가 영국 공군 소속임을 알아냈고, 그렇게 로알드는 알렉산드리아의 영국-스위스 통합 병원으로 이송됐다. 거기서 의료진이 즉각 투입되어 로알드의 화상과 뇌진탕, 그리고 허리 부상을 치료했다. 특히 그의 허리 부상은 그에게 평생을 따라다니는 통증을 안기고 말았다.

처음에 의사들은 그 사고 때문에 로알드가 영원히 시력을 잃을 것으로 생각했다. 로알드도 그런 줄 알았다. 몇 주가 지나도록 그는 아무것도 보지 못했다. 어지럼증과 고통 속에서 그는 의식을 잃었다 깨어났다를 반복했다.

훗날 이 사고에서 회복한 뒤 로알드는 『개 조심』이라는 단편을 썼다. 다음에 인용한 부분은 아마도 불시착 후 회복기의 그 고통스럽던 순간을 묘사한 것이 아닌가 싶다.

세상은 온통 하얬고 아무것도 없이 텅 빈 것 같았다. 너무 하얘서 어떨 땐 깜깜해 보이기도 했고, 시간이 좀 흐르자 하얀 상태 아니면 까만 상태가 번갈아 지속되었는데, 대부분은 새하얀 상태였다. 그는 하얀 게 까만 것으로 바뀌는 걸, 이어서 다시 하얘지는 걸 그냥 지켜봤다. 하얀 건 한동안 지속되었고, 깜깜한 상태는 고작해야 몇 초 정도에 그쳤다. 그에게는 하얀 상태에서 잠을 청하는 습관이 생겼다. 또 잠에서 깰 때면 세상은 마침 깜깜한 상태이곤 했다. 검은 어둠은 아주 재빨랐다. 이따금 그건 번쩍하다가 그치기도 했다. 새까만 번개처럼 말이다. 반면 하얀 상태는 느렸다. 그 느릿느릿함 속에서 그는 늘 잠 속으로 빠져들었다.

첫 네 문장을 다시 눈여겨보시라. 거기엔 '하얗다'라는 표현이 무려 일곱 번이나 등장한다! 사람들은 글을 쓸 때 대개는 "오랜 시간 동안 세상은 하얗게 보였다" 같은 말을 쓰고서는 그 정도로 매듭을 지어 버린다.

하지만 그런 상태를 얘기하기 위해 한 단어를 거듭 사용하는 여러 방법들이 궁리될 수도 있다. 이런 식으로 표현하면, 그때의 단어들은 무슨 일이 벌어지는지를 설명하는 데 그치지 않는다. 그런 단어들은 마치 한 사람의 생각이 어떻게 펼쳐지는지를 들려주는 듯한 느낌을 전달한다.

글 쓰는 방식은 생각하는 방식을 닮기 마련이다. 로알드는 자신이 겪었던 가장 끔찍한 경험들을 글로 씀으로써 작가가 되는 길로 나아갔다. 내가 보기에 이는 참으로 흥미로운 일이다.

그렇게 로알드는 이런 희한하고 꿈같은 상태에 빠진 채 침대에 누워 서서히 회복했다. 그런데 그렇게 회복하는 와중에 그에게 고향에서 소식이 왔다. 벡슬리에 있던 어머니의 집이 폭격을 당했다는 것이었다. 그의 어머니와 누이들은 안전했으니, 그건 다행이었다. 하지만 그건 그의 값진 카메라와 사진, 공책 들이 사라졌다는 걸 뜻했으니, 그건 큰 불행이었다. 이제 전쟁은 로알드가 알고 사랑하던 모든 이들과 모든 것들에 영향을 미칠 지경에 이른 것이다.

두어 번의 수술과 수백 시간 동안의 깊은 잠으로 두어 달이 흐른 뒤 로알드는 한결 나은 기분을 되찾기 시작했다.

로알드의 얼굴은 성형수술을 통해 다시 태어났다. 그가 어머니에게 말한 것처럼 "의사는 저의 머리 뒤쪽의 살을 주우욱 당겨 코 모양으로 만들어"내야 했다. 로알드는 그렇게 만든 코가 "약간 구부러진 것 말고는 예전과 똑같다"고도 했다. 학창 시절의 편지에서처럼 로알드는 어머니가 외아들을 너무 걱정하지 않게끔 애썼다.

몇 달이 더 지나자 그의 기분은 한결 더 나아졌다. 공군도 그가 예전의 건강을 되찾았다는 데 동의했고…… 그래서 공군은 그를 다시 전쟁터로 돌려보냈다.

쿠알드 달이 물딘 히리게인 기흥

Mr. Dahl's Story

로알드 달이 거쳐 간 직업들

사업가

"그 일은 즐거웠다. 정말 그랬다. 딱 정해진 시간 동안 일하고 딱 정해진 월급을 받고 독창적인 사고는 거의 안 해도 되는 그런 일을 매일매일 거듭하면, 사는 게 얼마나 단순해질 수 있는지 그때 처음으로 알았다. 작가의 삶은 사업가의 삶에 견주어 정말 지독히도 머나먼 반대쪽이라고 할 수 있다."

전투기 조종사

"어떤 전투기 조종사든 치열한 공중전의 느낌이 실제로 어떨지를 미리 제대로 상상해 본 사람은 없으리라고 생각한다. 그건 내 인생을 통틀어 정말 가상 숨 막히고 극도로 흥분되는 순간이었다. 엔진에서 시커먼 연기를 콸콸 내뿜는 비행기들이 내 시야 안으로 들어오다 말고 휙 사라졌고, 다른 비행기들의 몸통에서 금속 조각들이 마구 떨어져 나가고 있는 게 두 눈으로 또렷이 보였다. …… 하늘이 어찌나 비행기들로 빽빽했냐 하면 내 비행 시간의 절반은 다른 비행기와의 충돌을 피하는 데 보내야 할 정도였다."

스파이

그의 공식 직함은 대사관 부 공군무관이었지만, 실제로 로알드 달이 맡은 일은 스파이였다. 아마 이런 경험은 그가 제임스 본드 영화인 『007 두 번 산다(You Only Live Twice)』의 각본을 쓰는 데 큰 도움을 주었을 것이다.

화장실 변기 덥히기!

로알드는 진짜 이런 일도 했다. 이건 그가 학교 다닐 때의 일이었다. 화장실은 난방이 되지 않는 실외에 있었는데, 겨울이면 로알드는 반장(즉 감독 학생) 중 한 명을 위해 화장실 좌변기에 내린 서리를 닦아 내고 그 자리를 덥혀 놓아야만 했다.

작가

내 생각엔 로알드가 이 일을 제일 좋아했을 것 같다. 여러분 생각은 어떠신지?

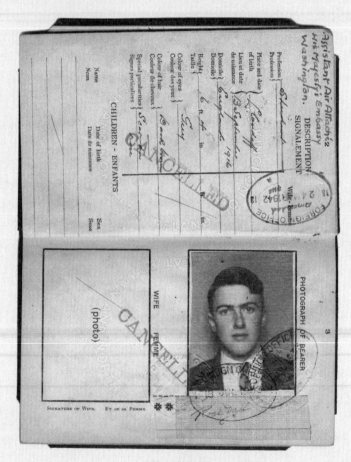

로알드 달의 여권

7장
작가는 모험하며
성장한다

1941년 3월이었다. 로알드는 스물다섯 살이 됐다. 다시 영국 공군 조종사로서 한층 현대화된 고속 비행기인 마크 원 허리케인을 몰고 하늘을 누비며 독일과 적군들에 맞섰다. 그렇게 그는 전쟁에서 이기기 위한 자신의 역할을 다하고 있었다.

1940년, 영국 본토의 하늘에서 벌어진 영국과 독일 비행기들의 공중전인 '브리튼 전투'가 일어나면서 영국 공군 조종사들이 인기가 그야말로 하늘을 찔렀다. 그들이 실제 어느 하늘을 날아다니는지는 그다지 중요하지 않았다. 이건 어쩌면 1940년대의 조종사들이 당시 여느 사람들이 거의 경험하지 못한 일들을 하고 있었기 때문이기도 했다. 지금은 하늘은 고속으로 나는 일이 흔하지만, 그때는 지극히 드물었으니까 말이다. 또 다른 이유는 슬프고 무서운데, 새파랗게 젊은 청년들이 너무나도 많이 비행기와 함께 격추되어 목숨을 잃었기 때문이다. 그래서 그저 살아 있기만 해도 그들에게선 뭔가 마법의 힘 같은 게 느껴졌다. 전쟁이 한창일 때의 하늘에서 목숨을 유지한 그들이라면 어떤 경우든 다 돌파할 수 있지 않겠는가?

내가 어린아이였을 때 우리는 장난감 비행기를 가지고 공중제비를 빙빙 돌리면서 가상의 적기를 격추시켰다. 그때마다 악악악 소리를 내지르며 조종사 놀이를 했다. 우리가 보던 영화 속의 조종사들은 한결같이 미남에 침착하고 용감했다. 영화 속 여인들은 늘 그런 조종사들과 사랑에 빠지곤 했다. 만약 학교의 어느 선생님이 전쟁 중에 공군에 있었다고 하면 우리는 그가 차마 상상하기 힘든 곳들을 다니며 희한한 것들을 보았으리라고 믿었다. 또 우리는 그가 모험담이 담긴 책이나 만화책에서 보듯 엄청난 이야기보따리를 풀어놓으리라는 것도 믿었다. 그런 책들에서 조종사들은 헬멧을 쓰고 조종석에 앉아 뒤에 따라붙은 적기를 열심히 따돌리면서 꼬리 대포를 쏘는 저격수에게 "한 방 먹여 버려, 빙키!"라고 외치곤 했다. 그러면 이어서 비행운이 하늘을 어지러이 가로지르고 총격전의 소음이 "빵! 빵! 빵!" 울려댔고, 다음 장면은 떨어지는 적기의 연기로 자욱했다.

로알드가 좋아했건 말건 간에 그는 그런 영웅과도 같은 인물이 됐다. 브리튼 전투에 직접 참여하지는 않았지만, 그와 80비행중

대 소속 동료 조종사들은 주로 그리스 상공에서 용감한 전투를 거듭 펼쳤다. 그는 어머니나 친구들에게 보내는 편지에 그런 정황을 적어 보내곤 했다.

경악스러운 일이 많이 벌어졌지만 죽음이야말로 그에게 가장 큰 영향을 미쳤다. 그의 젊은 친구들의 죽음, 그리고 그가 죽여야만 했던 젊은 적들의 죽음 말이다. 이에 대처하는 그만의 방법은 무관심 상태를 유지하는 것이었다. 신경을 안 쓰는 작전을 쓴 것이다. 그 작전이 성공했는지 어땠는지 나는 알지 못한다. 어쩌면 그는 그다지 신경 쓰지 않는 척하는 데 재주가 있었는지도 모르겠다. 하지만 시간이 흐르고 점점 더 많은 글을 쓰게 되면서 그의 그런 무관심은 실제의 것이든, 가장한 것이든 상당 부분 사라져 갔다. 마틸다나 대니, 소피 같은 자신의 주인공들에게 그는 신경을 기울이지 않을 수 없었다. 그래야 우리가 그의 책에서 그런 인물들을 만날 때 똑같이 관심을 가질 수 있을 테니까 말이다. 다른 한편, 그는 『무섭고 징그럽고 끔찍한 동물들』과 『역겨운 시』를 썼다. 이런 시들이 그토록 재미난 이유는 사람이 죽거나 다른 이들에게 지독한 일을 저지르는 게 정말 별일 아니라는 듯이 그려져 있기 때문이다. 죽음까지도 깔깔거리며 읽게 하는데, 뭐 다른 것들이야…….

추락 사고 후 로알드는 심한 두통을 달고 살았다. 그래서 1년간의 실전 복무 후 이 두통이 극심해지자 병가를 얻어 집으로 돌아가게 된다. 3년씩이나 떠나 살았던 어머니와 누이들 곁으로 돌아간 것이다. 그와 그의 가족들이 겪어야 했던 엄청난 일들 탓에 그들의 재회는 사뭇 가슴 북받치는 일이었을 것임에 틀림없다.

여러 해가 지난 뒤, 로알드는 런던의 국립극장 청중들 앞에서 자신의 두 번째 자서전인 『홀로 서기』의 마지막 장을 소리 높여 읽었는데, 그의 딸 오필리아는 그때 아버지가 우는 모습을 봤다. 그 시절로부터 비롯된 슬픔은 여러 해가 흘러도 그를 괴롭히고 있었던 것이다.

로알드의 옛집은 영국 육군이 수용해 쓰고 있었다(전쟁 중이었으므로 군대는 이런 민간 건물 수용을 아무 때나 할 수 있었다). 버킹엄셔의 러저셜이라는 조그만 동네에 있는 그의 새집은 아주 작고 무척이나 낡아서 그에게 낯설었다. 그런 곳에 머무르면서 전쟁의 상처를 회복하라니……. 그건 그에게 불가능했다. 영국 공군이 로알드를 영국으로 돌려보냈다고 해서 그게 곧 그에게 모든 볼일이 끝났음을 뜻한 건 아니었다. 보다 많은 공군 지원병을 받아 조종사로 훈련시키는 등, 지상에서 할 일도 아주 많았다. 그렇지만 이런 건 로알드가 진심으로 원한 게 아니었다.

이어서 그에게 벌어지는 일들은 꼭 제임스 본드 영화에 나오는 얘기들 같다. 어느 날 한 국회의원이 로알드를 아주 작지만 으리으리한 상류층 남성사교클럽의 식사 자리에 초대했다. 그 이상하고도 비밀스러운 만남에서 로알드는 미국 워싱턴의 영국 대사관에 가서 일하면 어떻겠냐는 제의를 받았다. 공식 직함은 부(副) 공군무관이었다. 극비리에 제안된 이런 일은 온갖 공작과 음모, 작전을 즐기는 로알드 같은 이들에게 참으로 흥미진진한 일이었다. 그런데 그가 실제로 하게 될 일은 무슨 일이었을까?

1942년 3월, 당시 미국은 이제 막 제2차 세계대전에 참전한 상태였다. 영국 국민의 대부분은 그처럼 크고 부유하며 막강한 나라가 참전하기를 기대했다. 그들로부터 수백만의 병사와 비행기, 전투함, 탱크 등의 지원을 받을 수 있기 때문이다. 하지만 미국인들은 여전히 전쟁에 대해 의견이 엇갈리는 상태였다. 어떤 이들은 늘 반드시 참전해야 한다는 생각이었지만, 다른 이들은 절대 전쟁에 관여해서는 안 된다고 생각했다.

윈스턴 처칠을 수상으로 한 영국 정부는 미국 내에 친(親)영국파가 필요하다는 결론을 내렸다. 전쟁에서 미국이 영국의 편에 서도록 만늘어 술 사람늘 말이다. 로알드가 할 일은 미국 정부의 막상한 인물들이 영국을 지지하노록 만드는 공삭이었다. 그들에게 영국 공군이 어떻게 싸우고 있는지를 각인시킴으로써, 또 영국사람들이 얼마나 혹독하게 전쟁을 치르고 있는지에 관한 이야기들이 미국 신문에 꾸준히 실리게 함으로써 말이다.

미국 내 분위기를 처칠 수상과 그의 내각에 보고하는 일도 로알드의 임무였다. 미국인들이 얼마나 열렬히 영국을 지지하려 하는지, 고위직에 있는 사람들에게서 들은 얘기들 중 영국이 꼭 알아 둬야 할 것은 무엇이 있는지에 대해 그는 보고서를 썼다.

로알드의 새 일은 겉보기에도 근사했다. 디너 파티와 테니스 시합, 바비큐, 밤 늦도록 이어지는 기자들과의 잡담, 작전 수행을 위한 비행 경험담, 온갖 용감한 전투에 대한 무용담 등. 하지만 이런 화려한 사교의 이면에서 그가 해야 하는 일은 오로지 정보의 수집과 전송이었다.

이런 일을 가리키는 별도의 이름이 있으니, 바로 '첩보원'이다. 더 기가 막히게 멋진 이름을 들자면 '스파이'가 있겠다. 로알드 달은 스파이가 된 것이다. 그의 일은 크게 보아 영국의 동맹국이던 나라인 미국에서 영국 정부를 위해 스파이 업무를 수행하는 것이었다.

그렇게 그는 미국에 가기로 했다. 우선 기차로 스코틀랜드의 글래스고로 가서, 폴란드에서 빌려온 배를 타고 대서양을 건너 캐나다로 향했다. 몬트리올에서 다시 기차로 워싱턴 D.C.로 간 그는 거처를 마련할 때까지 윌러드호텔에 머물렀다.

이렇게 하여 로알드는 사람들이 자기 이름 뒤에 붙이고 싶어하는 으리으리한 이력에 특별한 하나를 덧붙이게 됐다. "로알드 달 씨는 세계적으로 유명한 베스트셀러 작가이면서, 전쟁 영웅이자 스파이이면서……."

로알드는 그렇게, 그에게 익숙했던 곳을 떠나 판이하게 다른 곳에서 자기 인생의 다음 장을 막 시작하고 있었다. 장 이야기가 나온 김에 덧붙이자면, 로알드 달의 인생은 그야말로 변화무쌍하게 색다른 장들의 연속이었다. 하나의 모험을 끝마치자마자, 새로운 곳에서 새로운 사람들과 다음번 모험에 바로 착수한 셈이니까. 그게 로알드 달 스스로 계획해서 만들어 낸 것인지, 아니면 살다 보니 저절로 그렇게 된 것인지 나로서는 알 길이 없다. 여러분은 어떻게 생각하시는지?

1940년, 이라크 영국 공군 시절의 로알드 달

전용 오두막에서 집필 중인 로알드 달

3부

작가 로알드 달

영국 공군 시절

8장
추억을
동화로 쓰다

언젠가 북극곰이 살아남은 이유는 그들의 끊임없는 호기심 덕분이라고 주장하는 다큐멘터리를 본 적이 있다. 거기서 북극곰은 카메라로 다가와 냄새를 맡고 툭툭 찔러보기도 했다.

어떻게 보자면 작가들도 북극곰 같지 않을까 싶다. 작가들은 잠시도 쉬지 않고 냄새를 맡고 귀를 기울여 듣고 뭔가를 기억한다. 그걸 나중에 이야기로 만들어 내고, 그걸 쓰고, 그렇게 생계를 꾸려 살아가는 사람이 바로 작가나!

북미 대륙에서 수행해야 하는 일급비밀 임무를 위해 이동하던 중, 로알드는 자신처럼 부상당한 조종사인 더글러스 비스곳이라는 인물을 만났다. 더글러스는 브리튼 전투 참전 용사였고, 그 전에는 경주용 자동차 모는 일을 했다. 두 사람은 함께 대서양을 건

너는 내내 서로 농담을 하고 잡담을 주고받았다.

제2차 세계대전 중에 영국 공군 조종사들은 그들끼리만 알아듣는 속어를 만들어 쓴 것으로도 유명했다. 속어란 뭔가를 가리키는 특별한 표현이나 방법을 뜻한다. 예를 들자면 비행기를 '크레이트(나무상자)'라고 불렀으며, 추락은 '프랭(충돌 혹은 공적)'이라고 불렀다. 이걸 한 문장에 넣어 써 보면, 그들은 서로 이런 이야기를 주고받았던 것이다. "자네 로프티 이야기 들었나? 그 친구 자기 크레이트를 프랭해 버렸대……."

언제가 자신의 마지막 비행이 될지도 모른 채 그야말로 죽음을 코앞에 두고 하루하루를 살아야 했던 이 조종사들은 자신들만의 신화도 만들었던 것 같다. 비행기에 붙어 살아가는 조그만 악동 꼬마 도깨비 이야기를 지어냈던 것인데, 그 이름이 바로 '그렘린'이다. 그렘린 탓에 비행기가 마구 엉망으로 덜컹거리기도 하지만, 때로는 이들이 조종사의 수호천사 노릇을 하기도 한다는 것.

조만간 작가가 될 사람에게 이런 이야기는 보물이나 다름없지 않겠는가! 한때는 로알드의 어머니가 그에게 노르웨이 민간 전설에 등장하는 온갖 트롤과 거인들의 이야기로 세례를 줬다. 이제 SS 바토리 호의 갑판 위에서 로알드와 더글러스는 조종사들의 전설을 서로 나누고 그렘린에 대한 새 이야기를 지어내며 대서양을 건넜다. 정말 재미나지 않았을까?

워싱턴에서 로알드를 기다리는 삶은 전투기 조종사들의 위험

한 운명에서 훌쩍 떨어진 것이었고, 그건 폭격과 전쟁의 상처로
얼룩진 굶주린 런던에서와도 크게 달랐다. 먹을 것과 마실 것은
넘치게 풍족했고 파티가 끝도 없이 이어졌다. 너무나 좋아하던 음
악을 들으며 보낼 수 있는 시간도 넉넉했다. 그가 할 일이라곤 오
로지 영국 공군이 수행 중인 위대한 임무들을 미국인들에게 들려
준 뒤 그들의 여론에 귀를 기울이는 거였다. 로알드가 맡은 역할
은 전쟁을 승리로 이끌기 위해 온 힘을 다하고 있는 멋지고 용감
한 영국 젊은이들을 대변하는 것이었고, 그건 그리 힘든 일이 아
니었다. 그 자신이 바로 그런 젊은이였고, 그런 일을 해왔으니까
말이다.

한편 그의 머릿속에서는 그렘린들이 뛰놀기 시작했다. 그들의
이야기를 자기만 알고 지낼 로알드가 아니었다. 그는 어느 잡지에
이런 그렘린 이야기를 발표했다.

세계의 모든 영국 공군 조종사의 대화에서 그렘린은 아주 실질적
이고 큰 비중을 차지한다. 조종사라면 누구나 그렘린이 무엇인지
알고 있으며, 그들은 매일 이 그렘린들에 대해 얘기하며 지낸다.
그렘린은 뿔과 긴 꼬리를 지닌 조그만 도깨비인데, 우리 비행기의
날개 위를 걸어다니면서 걸핏하면 기체에 구멍을 내거나 퓨즈 상
자에 오줌을 갈기는 고약한 짓을 일삼는다.

이것이야말로 내가 알고 있는 로알드 달의 모습이다. 놀랍고 웃기며 괴상한 것들이 진짜로 우리 일상의 한 부분을 차지하고서 온갖 저질스런 짓들을 일삼는 것처럼 보이게 만드는 거다!

이어서 그는 진짜 이야기를 쓰기 시작했다. 그는 그렘린의 마누라에게는 '피피넬라'라는, 아이들에겐 '위젯' 혹은 '플리퍼티-기벳'이라는 이름을 붙였다. 그들은 "저 북쪽 멀리 아름다운 초록 숲에 살았다. 그들은 특수 흡착판이 달린 자신들만의 신발을 신고서 나무를 자유자재로 오르락내리락할 수 있었다." 그런데 못된 인간들이 공장을 짓고 도로를 만들고 공항을 짓는다면서 그들의 숲으로 들어와 나무들을 잘라내 버렸다. 그래서 그렘린들은 복수를 결심했다! 그들은 특수 흡착판을 써서 이번에는 비행기에 달라붙어 온갖 사고를 일으켰다. 그들은 몰래 산을 옮겨 놓아 비행기가 바로 거기 가서 처박히게끔 만들었다. 어느 날 구스라는 이름의 조종사가 몰고 나간 비행기의 기체 옆구리에 그렘린들이 그만 구멍을 뻥뻥 뚫어 놓았다. 그런데 구스는 아주 영리하고 임기응변에 능했다. 그는 그렘린들에게 맛있는 우표를 미끼로 주는 등 그들을 속여 먹으며 놀았다. 그렇게 하여 결국 그들은 친구 사이가 됐다.

이건 오로지 로알드가 지어낸 이야기였고, 게다가 아주 재미난 이야기였다. 하지만 이 이야기를 가지고 뭘 어쩐단 말인가? 그는 어떻게 이 이야기를 책으로 엮어 낼 수 있었을까?

그가 이 이야기를 가지고 제일 먼저 해야 할 일은, 믿기 힘들겠지만, 자신의 상관에게 보여 주는 일이었다. 그래야만 했다. 영국 공군과 주미 영국 대사관 소속으로 그들을 위해 일하고 있었기 때문에 로알드가 해낸 모든 일과 그의 말, 그의 기록물은 전부 그의 상관에게 보고되어야 했다. 그런 뒤에야 그는 이 이야기를 잡지에 보냈고, 출판되기에 이르렀다.

작가라면 으레 자신들이 아주 운이 좋았다고 얘기하곤 한다. 어느 파티에서 같은 테이블에 앉은 사람, 혹은 기차에서 옆자리에 앉았던 사람이 딱 필요한 시기에 우연히 자신을 도와줄 수 있는 최적의 인물일 때. 그리고 그 사람이 작가의 글에서 아주 좋은 점을 찾아내 줬을 뿐만 아니라 그 이야기를 세상에 내놓을 수 있도록 도와줄 수 있는 자리의 사람일 때. 로알드에게도 바로 그런 인물이 있었다. 그의 친구 중 한 명이 유명한 영화 제작자인 월트 디즈니를 소개해 준 것이다. 월트 디즈니는 로알드의 그렘린 이야기를 읽고 전보로 답신을 보냈는데, 세상에나, 그 이야기를 영화로 만들고 싶다고 했다. 대박! 이 얼마나 멋진 일인가!

이 소식을 들었을 때 로알드가 어떤 반응을 보였는지는 모른다. 기쁨에 겨워 폴짝폴짝 뛰면서 사무실을 누비고 다니지 않았을까? 그리곤 잉글랜드에 있는 어머니와 누이들에게 그 소식을 알리고, 파티를 열었겠지? 그런 파티가 정말 열렸는지는 모르지만, 만약 그랬다 하더라도 실제로 그는 아주 침착하게 대처했다. 그는 물론

기뻤다. 하지만 그 때문에 넋이 나가는 일은 없었다.

로알드는 디즈니의 초대를 받아 할리우드로 갔다. 그는 대사관에 휴가를 신청했고, 어느새 그는 지구에서 가장 휘황찬란한 곳에서 저 위대한 무성영화의 스타 배우인 찰리 채플린 같은 초특급 영화배우들을 만나고 있었다. 그들은 진짜 멋진 영국식 억양으로 영어를 발음하는 로알드가 아주 재미있고 깜찍하며 엄청나게 비범한 사람이라고 생각했다. 그들은 그가 쓴 이야기를 읽었고, 그 이야기를 진심으로 좋아했다. 디즈니는 일사천리로 '시험판 촬영(테스트 삼아 찍어 보는 영화)'까지 마쳤다.

하지만 『그렘린』이 그가 펴낸 첫 번째 책이 되고 곧 월트 디즈니 영화로 제작될 예정임에도 불구하고, 로알드는 행복하지 않았다. 그는 디즈니사에서 그린 그렘린 그림이나 가게에서 파는 그렘린 인형이 썩 맘에 들지 않았다. 그는 월트 디즈니가 전쟁 영웅이었던 이 조종사들의 이야기를 가지고 영화를 만드는 게 너무 늦어 버린 건 아닌지 염려하고 있다는 것도 눈치챘다. 결국 디즈니는 이 영화 프로젝트를 포기해 버렸고, 로알드에게 이 영화가 마무리되지 못한 채 중단될 것임을 알렸다. 그걸로 끝이었다. 모든 것이 끝!

하지만 모든 게 끝난 건 아니었다.

로알드 달은 스물일곱 번째 생일을 눈앞에 두고 있었고, 이제 대단한 작가의 길로 들어설 만반의 준비를 갖추고 있었다. 그에게 필요한 거라고는 글을 쓸 곳, 글을 쓸 시간, 그리고 계속 글을 써야 할 충분한 이유뿐이었다.

그건 '모든 것의 끝'이라기보다는 '새로운 엄청난 것의 시작'이었으니…….

Mr. Dahl's Story

여러분이 로알드 달에 대해 [*] [*] 미처 알지 못했던 것들

1

로알드가 한번은 세잔의 아주 유명한 풍경화를 베껴 그려 거실에 걸어 놓았는데, 예술 전문가들 말고는 모두 그 그림이 진짜 세잔의 작품인 줄 알았다.

2

로알드는 하룻밤에 서너 시간밖에 자지 않았다.

3

비행기 추락 사고 이후 어느 성형외과 의사가 수술을 통해 그의 코 모양을 새로 만들어 내야 했다. 로알드는 자신의 새 코가 무성영화의 미남 배우였던 루돌프 발렌티노의 코와 똑같은 모양이 되도록 특별히 부탁했다.

4

로알드가 만약 작가가 되지 않았더라면 의사가 되었을 것이다.

5

로알드가 기르던 사랑앵무새는 무려 100마리에 이르렀다.

6

로알드가 가장 좋아한 냄새는 베이컨 굽는 냄새였다.

7

그는 크리스마스를 정말 싫어했다.

8

그는 부활절을 진짜 좋아했다.

9

그레이트 미센덴의 교회 마당에 가면 거인의 발자국이 찍혀 있는데, 이걸 따라가면 로알드 달의 묘지가 나온다.

10

로알드는 단어 만들기 게임인 스크래블 놀이를 좋아했지만 그렇게 썩 잘하지는 못했다. 왜냐하면 그는 철자법에 정말 지독히도 엉망이었기 때문이다.

로알드 달의 가계도

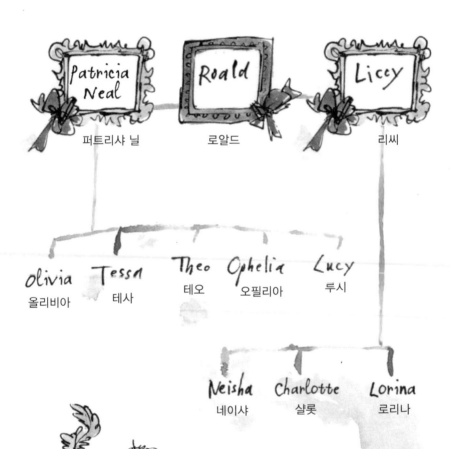

Patricia Neal — 퍼트리샤 닐

Roald — 로알드

Liccy — 리씨

Olivia — 올리비아

Tessa — 테사

Theo — 테오

Ophelia — 오필리아

Lucy — 루시

Neisha — 네이샤

Charlotte — 샬롯

Lorina — 로리나

9장
아빠, 남편,
세계 최고의 작가

제2차 세계대전이 끝나고 몇 달 뒤인 1946년에 로알드는 잉글랜드의 집으로 돌아왔다. 그 후 4년간 버킹엄셔의 어머니 집에서 어머니와 함께 지냈다. 그는 성인들을 위한 단편소설을 쓰기 시작했고 그걸 미국의 출판대리인에게 보내 그곳에서 책으로 출간될 수 있게 했다.

로알드는 1951년에 뉴욕으로 거처를 옮겼다. 1년 뒤 그곳에서 유명한 여배우인 피트리사 닐을 만난다. 두 사람은 사랑에 빠졌고, 1953년 결혼한 뒤 잉글랜드로 돌아와 그레이트미센덴에 살던 로알드 달의 어머니 댁 근처 집시 하우스에 살림을 차렸다. 그렇지만 두 사람이 늘 거기에서만 살았던 건 아니다. 팻(퍼트리샤의 애칭)이 영화나 텔레비전 프로그램, 연극 등에 출연하기 위해 이 부부는 영국과 미국을 왔다 갔다 하며 살아야 했다. 그런 생활 속에서 두 사람은 1955년에 올리비아를 낳았고 이후 테사(1957), 테오(1960), 오필리아(1964), 루시(1965)까지 다섯 아이를 키웠다. 아이들을 돌보는 일은 팻과 로알드, 그리고 보모 한 명이 나눠 맡았다. 이따금 팻이 미국에서 일하는 동안 로알드는 영국의 집에서 아이들과 함께 머물기도 했다. 또 가끔은 가족 모두가 미국에 가기도 했다. 그들의 생활은 참으로 매력적이고 지극히 흥미진진했다.

그 사이에 로알드는 여전히 성인을 대상으로 한 소설을 썼다. 이 소설들은 별나고 신비로운 일로 가득했고, 괴팍하고 황당한 생각과 행실을 보이는 등장인물로 넘쳤다. 로알드가 그런 이야기를 좋아했기 때문이다. 그의 작품에 열광하는 독자들 또한 그리했다.

이런 유형의 소설들로 인기를 얻던 로알드는 왜 성인 소설 대신 어린이를 위한 소설을 쓰기 시작한 걸까? 아마도 로알드의 아이들이 자라면서 아이

들과 보내는 시간이 많아졌다는 것도 그가 아동문학 작가가 되기로 맘먹은 이유 중 하나였을 것으로 짐작된다.

로알드는 자신의 집필 노트에 어린이 소설을 위한 아이디어와 구상을 적어 내리기 시작했다. 어느 날 정원의 과일을 내다보며 서 있던 로알드는 문득 생각했다.

'왜 저 정원의 사과와 배는 커지다 마는 걸까? 왜 더 커지고 더 커지고 계속 커지면 안 되는 거지? 그리고 그게 사과나 배가 아니라, 으음, 복숭아라면 어떨까?'

로알드는 『제임스와 슈퍼 복숭아』를 이렇게 구상하기 시작했고, 1961년에 나온 그 책은 그가 어린이를 위해 펴낸 첫 책이었다.

로알드 달의 삶도 어떤 마법의 이야기 책 속에서처럼 펼쳐졌다면 아주 끝내줬겠지만, 불행히도 세 가지의 비극적 사건이 일어났고 이는 그에게 아주 깊고 큰 영향을 미쳤다.

테오가 4개월째일 때 아이가 타고 있던 유모차가 뉴욕의 어느 택시에 세게 부딪히고 말았다. 테오는 심각한 뇌 손상을 입었고 여러 해 동안 병원 치료를 받아야 했다. 여러 합병증에 시달리기도 했지만 테오는 끝내 살아남았다. 로알드는 아들의 그 오랜 치료 과정에 깊이 관여했다. 그는 뛰어난 장난감 제조업자와 외과 의사와 협력해, 테오가 겪은 것처럼 심각한 뇌 손상 후 뇌에 고이곤 하는 체액을 배출해 주는 기계를 발명했다. 이 장비는 달 웨이드 틸 밸브라는 이름으로 불리게 됐다. 겨우 2센티미터밖에 안 되는 장치 안에서 여섯 개의 조그만 금속 부품이 작동하는 원리였다. 비록 테오는 이 밸브의 도움을 받을 필요가 없었지만, 그 후 전 세계적으로 약 3,000명 가까운 어린이들이 이 밸브로 치료를 받았다. 로알드 달은 과학이나 기술 분야의 전문교육을 받은 적이 없으면서도 이런 놀라운 발명가의 자리에까지 오른 것이다.

팻이 영화 촬영으로 집을 비우면 로알드는 아이들을 돌보는 일을 계속했다. 물론 다음 어린이 소설인 『찰리와 초콜릿 공장』을 쓰는 일도 계속했다. 하지만 1962년 들어 두 번째 비극이 일어나고 만다. 맏딸 올리비아가 홍역 합병증으로 숨을 거두고 만 것이다. 올리비아가 겨우 일곱 살 때의 일이다. 일곱 살이라는 나이는 로알드의 누나 애스트리가 눈을 감았을 때의 나이이기도 하다. 어쩌면 이 사실이 로알드를 좀 덜 힘들게 했을지도 모른다. 물론 그렇지 않을 수도 있지만. 『보이』에서도 썼다시피 로알드는 이 우연의 일치를 떠올리지 않을 수 없었다.

나는 이런 일을 겪은 로알드의 상태가 어땠을지 좀 더 구체적으로 짐작할 수 있다. 내게도 너무 일찍 숨을 거둔 아들이 있고, 내 아버지에게도 같은 일이 벌어졌기 때문이다. 내가 태어나기 전, 아버지는 아들 한 명을 먼저 하늘나라로 보내야 했다. 로알드와 내가 이런 모든 비통함과 사나운 분노, 믿을 수 없어 몸부림치던 고통을 아주 엇비슷하게 겪으며 감내해야 했다니, 참 기가 막힌 노릇이다.

로알드는 왜 어쩌다 올리비아가 숨을 거둘 수밖에 없었는지를 이해하고자 무던히 애썼다. 그는 짐짓 과학적으로 그런 현실에 대응하고자 했으니, 아이를 죽음에 이르게 한 사건의 정확한 경과를 아주 사실적으로 침착하게 꼼꼼히 적어 내린 것이었다. 그런 뒤에 그는 다른 모든 어린이들이 홍역 예방주사를 꼭 맞을 수 있도록 하겠다고 굳게 마음먹었다.

하지만 그럼에도 불구하고 딸의 슬픈 죽음은 로알드에게 너무나 큰 충격이었다. 로알드는 그 후 오래도록 아주 깊은 우울에 시달려야 했다. 그와 팻은 자선단체 활동을 통해 다른 어린이들을 도움으로써 약간이나마 희망을 회복할 수 있었다.

그런 뒤 세 번째 비극이 닥쳤다. 팻이 큰 병에 걸린 것이다. 심각한 뇌졸중이 그녀를 덮쳤다. 뇌졸중은 그 병을 앓는 사람마다 크고 작게 정도의 차이를 보인다. 그에 따른 심각성도 사람마다 다른 것이다. 어떤 사람들은 이 발작 탓에 신체의 일부를 사용할 수 없는 지경에 이르기도 한다. 어떤 이들은 말을 할 수 없게 되기도 하고, 제대로 걷시 못하게 되기도 한다. 팻의 발작은 그중에서도 아주 심각한 것에 속했다.

하지만 로알드는 이런 시련 앞에서 허물어져 주저앉지 않았다. 그는 팻을 회복시키겠다고 맘먹었고, 그에 따라 군대식 체제 같은 걸 도입하기로 했다. 그건 일련의 운동과 신체 활동의 조합이었다. 단 하루나 단 1시간, 단 한순간도 절대 멈추거나 거르는 법이 없었다. 로알드가 이 작전의 지휘관이었다. 그는 명령을 내렸고, 팻은 그 명령에 따라야만 했다. 로알드는 그게 그녀가 회복할 수 있는 유일한 길이라고 말했다.

그런데 정말 희한한, 동화 같은 일이 벌어졌다. 놀랍게도, 믿기지 않을 정도로, 팻이 정말 회복되기 시작했다. 퍼트리샤 닐은 심지어 다시 연기 일을 하기도 했다. 그 놀라운 이야기는 너무나 대단한 것이어서 그에 관한 영화가 만들어지기까지 했다!

아무튼 그 사이에도 아이들 넷을 돌봐야만 했다. 이 아이들의 친구들은 로알드가 그들에게 얼마나 멋진 사람이었는지에 대해 여러 이야기를 들려준다. 정말 키가 크고 호리호리한 아저씨가 온갖 신기한 일들을 보여 주고 온갖 재미난 얘기들을 들려주었던 것이다. 그는 항상 옛 가구들을 직접 뚝딱뚝딱 고쳤고, 음악을 자주 들었으며, 예술 이야기나 자기가 아는 유명한 사람 이야기를 멈추지 않았다. 또 이 아저씨는 믿을 수 없게 장난스러운 일을 서슴지 않았다. 레스토랑에 가면 그는 '오늘의 특별 요리'가 무엇인지 묻곤 했다. 그러면 웨이터가 이러쿵저러쿵 설명을 할 텐데, 그는 레스토랑 손님들 전체가 다 들을 정도로 쩌렁쩌렁한 목소리로 이렇게 대답하곤 했다. "그 '특별 요리' 나한테 절대 가져 오지 마시오! 간밤에 남은 거 다 팔려는 작정이지. 얼른 해치워 버려야 싶을 때에나 붙이는 이름이 '특별 요리'라니까!"

그리고 그의 주위에는 항상 초콜릿이 있었다. 그가 렙튼에서 학창 시절을 보낼 때부터 그랬다. 렙튼 고등학교는 본빌의 캐드베리 초콜릿 공장에서 멀지 않았다. 그래서 로알드는 집안의 식당 큰 테이블에 초콜릿 바가 늘 가득 차 있는 상자를 마련해 두었다. 매번 식사를 마치면 테이블에 앉은 모든 사람들이 그 박스를 돌려가며 받아들고 자기가 먹을 초콜릿을 골랐다. 로알드는 심지어 그의 사랑하는 개 쵸퍼에게 스마티 초콜릿 몇 알을 던져 주기도 했다.

초콜릿 얘기가 나온 김에 덧붙이자면 『찰리와 초콜릿 공장』은 그의 가장 유명한 책이 되는 길로 접어들고 있었다. 미국에서는 그 이야기를 영화로 만들자는 계획들이 오갔다. 갑자기 모든 사람들이 로알드 달 얘기를 하기 시작했는데, 대개는 호평이 아니었다. 1960년대 당시는 미국의 인권 활동가들이 백인과 흑인이 동등한 대우를 받도록 하기 위해 열심히 노력하던 시기였다. 그런데 많은 사람들은 초콜릿 공장에서 일하는 노동자인 움파룸파족이 흑인들을 멍청하고 품위를 모르며 열등한 사람으로 만들어 버렸다고 비난했다. 어떤 난체들은 이 책의 영화화가 절대로 이뤄져서는 안 된다고 반대 싱명까시 말표할 지경이었다. 결국 로알드도 움파룸파족을 백인으로 표현해도 좋다고 동의할 수밖에 없었다. 그렇게 이 영화는 '윌리윙커와 초

콜릿 공장'이라는 약간 다른 제목으로 제작에 들어갔다.

나는 로알드 달이 그런 그릇된 인종차별을 퍼트리기 위해 움파룸파족을 묘사했다고는 생각하지 않는다. 그는 그런 종류의 일을 할 사람이 아니다. 하지만 아마도 어떤 특정 단어나 그림이, 어떤 이미지나 말하는 방법이 어린이들로 하여금 누구는 보다 나은 인간인 반면 누구는 모자라는 인간이라는 생각을 하게끔 만들 수 있다는 사실을 미처 깨닫지 못했을 것이라는 데는 나도 동의한다.

하지만 이 모든 논란에도 불구하고 로알드 달은 글쓰기나 이야기 들려주기를 멈추지 않았다. 그는 걸핏하면 잠 자는 아이들을 깨워서, 마침 그때 놀러와 같이 자고 있던 친구들도 모조리 깨워서는 캄캄한 밤길을 걸어 기찻길 아래 굴 다리로 모두 데리고 갔다.

그리고 섬뜩하게 무서운 이야기를 한두 가지 들려준 뒤 다시 집으로 데리고 와 잠자리로 되돌아가게 하곤 했다.

아침이 되면 그는 동네의 다른 집 아빠들처럼 직장으로 출근하는 게 아니라, 집안을 어슬렁거리거나 정원을 가로질러 자신의 전용 오두막으로 걸어가 글을 썼다.

1970년대 끝 무렵에 이르기까지 로알드는 『요술 손가락』『멋진 여우 씨』『찰리와 거대한 유리 엘리베이터』『우리의 챔피언 대니』『악어 이야기』 등 어린이 책을 다섯 권 더 펴냈다. 이 무렵 로알드와 팻의 결혼 생활은 서로 어긋나기 시작했고 1983년에 두 사람은 이혼했다. 그해 말 로알드는 펠리시티와 결혼했는데, 다들 그녀를 '리씨'라고 불렀다. 로알드의 새 아내에게도 세 명의 아이들이 있었으므로, 이 결혼으로 두 사람은 일곱 명의 아이를 두게 됐다.

1977년 로알드는 할아버지가 되기도 했다. 그의 딸 데사기 로알드에게 손녀딸을 안겨 준 것이다. 이 아이의 이름은 소피였다. 로알드는 『내 친구 꼬마 거인』의 첫 원고를 이 손녀에게 맨처음으로 들려줬고, 이 책의 주인공 소피도 손녀의 이름을 따서 지어졌다.

손녀가 꿈을 채집하는 착한 꼬마 거인에게 관심을 갖게 하기

위해 로알드가 사용한 방법은 이랬다. 우선 손녀에게 꼬마 거인 이야기를 들려준다. 그리곤 밤에 사다리를 타고 올라가 그녀의 침실 창문에 나타나는 것이다, 마치 선꼬거처럼!

상상해 보시라, 여러분이 위층의 침대에 누워 있는데 여러분의 할아버지가 창문을 통해 들여다보고 있는 모습을?

이 무렵 로알드 달의 집을 방문한 사람들은 그 집이 정말 엄청나게 복작댔다고 입을 모은다. 툭하면 소란이 벌어졌고 예의 차리기 따위는 없었으며, 온갖 농담과 소음, 음악이 끊이질 않았다. 그건 마치 로알드가, 자신이 어린 시절 자라났던 가족과 아주 흡사한 또 하나의 달 패밀리를 만들어 낸 것과도 같았다.

1980년대에 이르면 로알드의 명성은 세계적인 것이 됐다. 수백만의 사람이 그의 책을 읽고, 그의 텔레비전 프로그램을 보고, 그가 참여한 영화를 봤다. 그가 걸핏하면 비행기 추락의 부상 후유증으로 고통스러워한다는 것도 많은 사람들에게 널리 알려졌다. 또 그를 슬프게 했던 많은 것들이 그의 내면 깊숙이 보이지 않는 큰 상처를 입혔음을 아는 이들도 적지 않았다.

한번은 그의 전속 출판사인 퍼핀북스에서 마련한 대규모 출판

기념회에 참석한 로알드를 본 적이 있다. 수백, 수천의 어린이가 그가 자신의 새 책을 읽어 주는 걸 직접 듣고 싶어서 길게 줄을 늘어선 걸 보는 건 정말 멋진 일이다. 홀 안으로 슬며시 들어가 보니 모두가 귀를 기울여 듣고 있었다. 나는 그때 그의 눈썹을 보면서 한편으로는 웃으면서 한편으로는 가슴이 아팠다……. 눈썹을 올리는 표정을 지으면, 그걸로 사람들을 웃음 짓게 할 수 있다. 깜짝 놀란 표정이 우스워 보이기 때문이다. 그런데 그 눈썹 올리기가 어떨 때는 슬퍼 보인다. 마치 인생이 여러분의 심장을 덜컥 내려앉게 만들었다는 듯한 표정으로 말이다. 그때, 나는, 로알드 달의 얼굴과 그의 눈썹이 그런 느낌이었다고 기억한다.

그가 새 책을 내놓으면 세상은 한바탕 법석을 치렀다. 아이들은 그의 책을 어김없이 좋아했다. 며칠 후면 아이들은 자신들이 읽은 놀라운 이야기들을 서로 나누기 시작한다. 브루스 보그트로터에 대해, 『마틸다』에 등장한 거대한 초콜릿 케이크에 대해, 아니면 여왕님 앞에 선꼬거가 쉬잉 나타나는 그 놀라운 장면에 대해 말이다. 뭐, 여왕님 앞에? 옛 이야기 속의 그린 여왕이 아니라, 진짜 여왕님 앞에? 에이, 설마? 진짜라니까! 진짜? 그럼!

어느 작가에게든 물어보시라. 사람들이 당신 책을 읽고 그에 대해 얘기하면 어떤 기분이 드는지를. 아마도 그게 세상에서 가장 기분 좋은 일 중의 하나라는 대답을 듣게 될 것이다. 내 경우에는 틀림없이 그러하니까. 그리고 로알드 달도 틀림없이 그랬을 거다.

작업실에서 집필 중인 로알드 달

10장
로알드 달이 글쓰기 전에
준비하는 것들

로알드 달은 어쩌면 그렇게 독창적이고 재미난, 그러면서 웃기게 저질스럽기까지 한 책들을 연달아 계속 써낼 수 있었을까?

우선 그는 항상 같은 방식으로 일을 했다. 그는 거의 평생 동안 딕슨 티콘데로가 1388-2 5/10 미디엄이라는 이름의 노란색 연필만을 이용해 글을 썼다. (이 연필 이름, 꼭 빨리 읽어보시라!) 로알드는 미국산 노란색 리갈 패드 종이 위에 글을 썼는데, 이 종이는 뉴욕에서 *그*에게 직송된 것이었다. 이쯤 되면 로알드가 가장 좋아한 색깔이 노란색이라는 것에 놀랄 사람은 없으리라.

이제 다음으로 알아볼 것은 로알드가 글을 쓰던 특별한 장소다. 로알드는 건설 업자 친구와 함께 그레이트미센덴의 자기 집 정원에다 조그만 벽돌 오두막을 지었다. 그는 이 오두막을 자기가 좋아하는 물건들로 채운 뒤, 자기 몸에 꼭 맞는 특수 의자도 자기 마음에 쏙 들도록 배치했다. 이 의자의 등판에는 그의 다친 허리가 짓눌리지 않을 정확한 자리에 구멍이 나 있었으며, 의자의 양쪽 팔걸이 사이에 받침판이 가로놓여 그가 글을 쓸 때 쓸 종이를 올려 둘 수 있게 했다.

책을 쓰는 동안 로알드는 정원을 가로질러 이 오두막으로 갔다. 문을 닫고 들어가면 로알드는 그 누구도 자신을 방해하지 못하게 했다. 음, 원칙은 그랬다는 이야기인데, 그 집 어린아이들이 어땠을지는 나보다 독자 여러분이 더 잘 아실 터! 그랬다. 아이들은 이따금 이 오두막을 들락거리기도 했다. 그렇지만 일에 몰두한 로알드 달을 물끄러미 살펴볼 수 있었던 유일한 생명체는 바로 옆 들판에서 풀을 뜯고 거닐던 젖소들이 아니었을까? 그 젖소들처럼 창문 너머로 실내를 들여다보면 노랑 연필을 들고 노랑 종이 위에 글을 써내리고 있는 로알드 달의 모습이 보였을 것이다. 보통 그가 글을 쓰는 시간은 오전과 늦은 오후였고, 나머지 시간 동안에는 다른 일을 보거나 재미난 일을 하며 보냈다.

자신의 오두막 안에서 로알드는 일종의 신들린 상태로 빠져들었다. 극도로 집중한 상태에서 그는 마음속에 떠오르는 온갖 곳들로 마구 획획 옮겨 다닐 수 있었다. 그게 현실의 것이든 가상의 것이든 그는 마음속에 장면이나 사람, 물건들을 떠올리자마자 재빨리 현장으로 달려갈 수 있었다. 그렇게, 그는 바로 거기서 갖가지

줄거리와 계획, 구상을 마련할 수 있었다. 그의 이야기들 속에서
그토록 자주 일어나는 심술궂은 장난들 말이다.

로알드에게는 아이디어를 적어 두는 노트도 있었는데, 그는 뭔
가가 반짝 떠오르면 반드시 거기에 적어 두었다. 그러면 나중에,
다음엔 뭘 쓰는 게 좋을까를 고민할 때 이 노트를 뒤져 아이디어
를 찾아낼 수 있는 것이다.

내가 아는 작가들은 대부분 이런 노트를 가지고 있다. 내게도
이런 노트가 있다. 어떨 때는 내가 뭔가를 까먹어 버리는 게 두려
워서 노트를 들고 다니는구나 한다. 이런 생각이 어이없는 건 아
니다. 글쓰기 자체가 무엇인가를 기억하기 위해 발명된 것이니까

말이다. 그리고 아마 로알드도 그런 이유로 기록을 했을 것이다. 자신의 생각, 자신의 기억을 붙잡아 두기 위해서.

그는 항상 자기 독자들을 놀라게 할 것을 찾아 두리번거렸으며, 그게 충격과 혐오를 불러일으킨다 해도 그다지 신경쓰지 않았다. 이따금 그는 완성된 문장을 만들지 않고 토막 글들만 적어 놓기도 했다. 그런 메모를 보면 나는 로알드가 이런 상상을 하고 있는 모습이 떠오른다. "내가 좋아하는 건…….""내가 좋아하는 소리는…….""마음속에 떠오르는 이런 이미지가 좋은 이유는……." "절대 잊어서는 안 될 게 있으니…….""그걸 내 아이디어 노트에 꼭 적어 놓아야지. 나중에 어떤 이야기를 쓸 때, 어떤 인물을 묘사하는 데 아주 쓸모 있을 것 같으니까."로알드가 정말로 이런 생각을 했을지를 확실히 얘기할 수는 없지만, 한 가지 확실한 건 내가 그런 상상을 할 때가 있다는 사실이다.

수많은 작가들과 마찬가지로, 로알드도 책을 한창 쓰고 있는 도중에는 꽤나 초조해하며 예민해져 있었다고 리씨는 말한다. 왜 그럴까? 내 경우를 이야기하자면, 그건 책 쓰기란 게 끝나지 않을 것 같이 느껴지기 때문이다. 나는 책에 담고자 하는 이야기가 잘 매듭지어질지 어떨지를 늘 염려한다. 이야기가 꽉 막혀 버리면 어떡하나를 걱정하거나, 이번 책이 지난 번만큼의 성과를 내지 못할까 봐 부담스러워한다. 어떨 때는 이 책을 다른 사람들에게 보여 주고 싶다가도, 다른 한편으로는 만약 그랬다가 원래 이 책을 시작하게 했던 그 마법이 훅 사라질 수도 있지 않을까, 다른 사람들의 제안 때문에 원래의 이야기가 엉뚱한 방향으로 흘러가 버리지 않을까 따위를 염려하는 것이다.

로알드는 한 권의 책을 다 써서 출판사에 보내고 난 뒤 안도의 한숨을 쉬며 덩실덩실 춤을 추기는커녕 더욱 큰 근심에 빠지곤 했다. 리씨의 말에 따르면 그는 다음 책을 쓸 수 있게 되기는 할지를 걱정했으며, 이런 근심이 그의 기분을 가라앉게 했다. 하지만 우리 모두가 알고 있듯 그는 계속해서 글을 썼고, 나오는 책마다 엄청난 성공을 거뒀다.

아마 여러분은 로알드의 책들 중 여러 권을 읽었을 것이라고 짐작한다. 그렇다면 틀림없이 좋아하는 장면, 좋아하는 인물이 있을 테고, 나아가 정말 끔찍하게 싫고 혐오하는 등장인물도 있을 것이다. 꼭 그랬으면 좋겠다. 왜냐하면 책 읽기의 즐거움 중 하나가 바로 그런 데 있기 때문이다. 그런데 로알드 달은 이 모든 책들을 통해 우리에게 무엇을 이야기하려고 했던 걸까?

『마틸다』에서 로알드는 "책 읽기, 절대 까먹지 마!"라는 메시지를 거듭거듭 말하려는 듯 보인다. 하지만 그것보다 훨씬 많은 메시지를 우리는 찾아낼 수 있다. 그는 정말 지독스런 모습으로 학교를 그려 놓고 반면 선생님은 정말 멋진 모습으로 그렸다. 그런 선생님들이 있는 완벽한 학교를 꿈꾸는 것처럼 말이다. 이를테면 모든 선생님들이 하니 선생님처럼 아이들에게 친절하고 상냥

한 그런 완벽한 학교를. 그럼, 마틸다의 부모는? 로알드는 아이들이 마땅히 마틸다의 부모보다는 더 나은 부모의 보살핌을 받아야 한다는 걸 말하고자 했던 걸까? 그리고 만약 그런 좋은 부모가 없다 하더라도, 독서광 마틸다처럼 책을 읽고 읽고 또 읽으면 보다 나은 삶을 살 수 있게 된다는 걸 말하려던 것일까?

어디 그뿐인가. 여기 『우리의 챔피언 대니』도 있다. 나는 이 책을 참 좋아한다. 이 책은 가진 게 그리 많지 않은 사람들과 가진 게 너무 많은 사람들에 대한 이야기다. 이 책엔 너무나 사이가 좋은 아버지와 아들이 등장한다. 이들이 얼마나 멋진 일을 벌이느냐 하면…… 음, 더는 얘기해 드릴 수가 없다. 책을 읽었다면 금세 알 수 있을 테니! 아직 읽지 않았다면 얼른 가서 한 권을 사 보아도 좋다. 절대 실망하지 않을 것임을 약속드린다. 지금 차마 얘기할 수 없는 이 끝내주고 환상적인 줄거리만으로 만족하지 않고, 로알드는 거듭 들려주고 싶은 다른 뭔가도 써 두었다. 대니의 아버지는 "생기 유발자(sparky)"였으며, 로알드는 부모란 무릇 늘 아이를 생기발랄하게 만들고자 노력해야 한다고 말했다. 로알드는 생기발랄함의 스파크가 뭐라고 보고 이런 말을 했을까?

『멍청씨 부부 이야기』와 『조지, 마법의 약을 만들다』 『마녀를 잡아라』가 출간되었을 때 어떤 사람들은 대체 로알드 달이 얼마나 더 짐승 같아질 수 있을지를 궁금해했다. 그는 자신의 모든 책을 구제불능에 끔찍스런 등장인물들로 꽉 채우려 했던 걸까? 이들의 나쁜 짓을 멈추게 할 유일한 방법은 그들을 파멸시키는 것뿐이었을까? 어떤 이들은 이 악인들 중에 여자가 너무 많다고 지적하기도 했다. 로알드가 다시 한번 더 비평가들과의 논란에 휩싸인 것이다.

그의 책에 쏟아진 비판에 맞서 로알드는 자기 책에 지독스런 여자와 착한 여자가 동시에 등장한다고 해명했다. 모든 어린이 이야기책이 다 그런 식이지 않은가? 특히 몇몇 비평가들은 『마녀를 잡아라』의 도입부에서, 당신이 만나는 여자들 중 그 누구든 마녀로 둔갑할 수 있다고 이야기한 부분을 트집 잡았다. 로알드는 어린이가 의심의 눈길로 여자들을 보게 만들고 싶었던 걸까?

로알드와 그를 옹호하는 사람들은 『마녀를 잡아라』의 할머니를 보라고 한다. 『내 친구 꼬마 거인』의 소피를 보라고도 한다. 이들은 모두 현명하고 다정하다. 그는 『마틸다』에 등장하는 마틸다와 하니 선생님을 얘기할 수도 있었을 것이다.

이제 작가들만 알고 있는 비밀 하나를 여러분께 살짝 알려드리려고 한다. 작가들이 항상 한달음에 이야기를 통째로 써내리는 게 아니란 걸 혹시 알고 있는가? 사실이 그렇다. 작가는 줄거리를 구상한 뒤 작가 자신이, 혹은 출판 중개인이나 편집자, 출판 업자 등 작가의 책을 내도록 도와주는 관계자들이 그 줄거리 구상을 별 로라고 생각하면 다른 줄거리로 다시 짜곤 한다. 그건 마치 옷 가 게에 가는 일과도 엇비슷하다. 옷을 하나 걸쳐 보고, 거울에 비추 어 보며 그 옷이 마음에 드는지를 결정하고, 다른 사람들은 뭐라 고 그러는지를 들어본다. 그렇게 해서 또 다른 옷을 입어 보기도 하는 과정 말이다. 한 번 입어 보고 딱 맞는 옷을 찾는 경우는 거 의 없다. 한 권의 책은 정말 길고 꼬불꼬불한 길을 지나고 나서야 다다르는 종착점 같은 것이다. 로알드도 여러 편의 초고를 썼으며, 이야기 하나를 마치는 데 1년 을 꼬박 바치기도 했다.

여기 로알드가 썼다 폐기한 몇몇 줄거리를 보자. 어느 줄거리가 더 맘에 드는가? 옛날 거? 아니면 최 종적으로 책에 실린 거?

원래 등장인물에도 실을 뽑는 누에와 반딧벌레는 있었다. 하지만 초록 메뚜기 영감도, 거미 언니도, 분홍 지렁이도 원래는 없던 등장인물이었다.

『악어 이야기』

코끼리 트렁키가 주인공 악어를 저 하늘 높이 던져 버리는 장면은 잘 알고 있을 것이다. 하지만 원래 초고에서는 악어가 해까지 날아가 부딪히는 대신 땅에 안전하게 떨어지는 것으로 되어 있다.

『멍청씨 부부 이야기』

원래 멍청씨 부부 두 사람은 평생을
거꾸로 물구나무 서서 살아가야
하는 사람들로 그려져 있었다.

『조지, 마법의 약을 만들다』

책의 맨마지막에서도 할머니는 여
전히 너무너무 키가 큰 상태로 남
겨져 있었다.

『마녀를 잡아라』

생쥐 브루노는 영국 정부의 스파이
가 되는 걸로 설정되어 있었다.

『마틸다』

마틸다는 원래 착하기는커녕 전 세계를 통틀어 제일 못돼 먹은 아
이로 그려져 있었다. 대신 마틸다의 부모가 정말 착하고 지지리 고
생한 사람들이었다. 심지어 하니 선생님은 등장하지도 않았다. 트
런치불 교장선생님도 초고에는 없었다. 대신 헤이스 선생님이 등
장했는데, 이 여자 선생님은 경마에 돈을 거는 걸 좋아했다. 마틸
다는 자신의 특별한 능력을 발휘하여 헤이스 선생님이 이겼으면
하는 마음에 헤이스 선생님의 말이 1등으로 결승선을 통과하도록
해 주었다. 왜 그랬을까? 안 그러면 자기가 감옥에 가야 했으니까!

마지막에 가면 이 형편없는
악동 마틸다는 자동차 사고
로 목숨을 잃는다. 아이고,
맙소사.

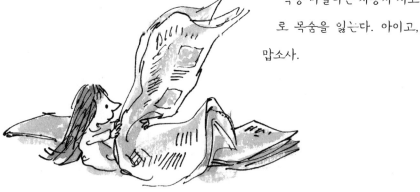

로알드의 몇몇 초고들을 보면서 드는 생각은, 로알드가 우리를 웃기고 놀라게 하고 기가 막히게 하기 위해 정말 아주아주 열심히 노력했다는 점이다. 어쩌면 여러분은 글쓰기가 별로 어렵지 않으리라고 짐작할 수도 있다. 우두커니 앉아서 글자를 설렁설렁 적어 내리는 게 전부 아닌가 싶을 테니까. 뭐, 글쓰기가 세상에서 제일 힘든 일이라고 말하려는 건 아니다. 그렇지만 난 이 말만은 꼭 해 드리고 싶다. 로알드가 날이면 날마다 자신의 이야기들이 한결 읽을 만하도록 정말 엄청난 노력을 기울인 작가라는 걸 말이다. 여러분이 로알드의 책을 정말 좋아한다면, 어쩌면 너무 사랑할지도 모르지만, 그건 모두 로알드의 엄청난 노력 덕분이라고 해야 할 것이다. 그 노력을 우리가 눈으로 볼 수는 없다. 왜냐하면 읽는 일은 즐겁고 재미있고 흥미로울 뿐이기 때문이다. 바로 이런 점이 글쓰기의 마법 중 한 가지이기도 하다.

로알드 달이 자기 책을 그토록 재미나게 만들고자 고안한 방식에는 어떤 마법이 있는 걸까? 그는 자신의 독자들을 즐겁게 하기 위해 참으로 많은 일을 행했다. 그래서 독자들이 즐거워하는 이유들이 모두 제각각 다를 수도 있을 것이다. 그런데 책이 멋진 건 바로 이런 이유 때문이다. 누구에게나 들어맞는 정답은 없다. 책 한 권을 두고 무엇이 위대한지 그리고 무엇이 위대하지 않은지에 대해 누구든 자기 생각을 내놓을 수 있다.

우선 『마틸다』를 펼쳐 보자. 여기 포악한 트런치불 교장선생님이 불쌍한 브루스 보그트로터를 상대하는 부분이 나온다.

브루스이 피둥피둥 살찐 얼굴은 걱정과 두려움으로 잿빛이 되어 있었다. 그의 양말은 발목까지 흘러내려 와 있었다.

"이 머저리!"

교장선생님이 채찍을 결투용 칼처럼 브루스 쪽으로 뻗으며 버럭 소리를 질렀다.

"너희들 앞에 나와 있는 이 여드름쟁이, 이 고름투성이 뾰루지, 이 숨 막히는 부스럼 딱지, 바로 이 놈이 구역질 나는 범법자요, 암흑가의 양아치요, 마피아의 똘마니였어!"

"예? 제가요?" 브루스가 어안이 벙벙한 얼굴로 말했다.

"이 날도둑놈!" 교장선생님이 소리를 빽 질렀다. "넌 사기꾼이야. 이 해적에, 산적에, 소도둑 같은 놈아!"

"잠시만요." 브루스가 말했다. "아니, 대체 무슨 말씀이세요, 교장선생님?"

"뭐? 아니라는 거냐, 그럼? 이 파렴치한 쥐방울 자식. 죄가 없다는 거냐?"

> "도대체 무슨 말씀을 하시는지 모르겠어요." 브루스는 한층 더
> 당황한 표정으로 말했다.

여기서 트런치불 선생이 브루스 보그트로터를 부르는 온갖 욕설 섞인 호칭들이 나는 너무 좋다.

하지만 실제 생활에서 이런 식으로 말을 하는 사람은 거의 없다. 여러분이 직접 해보면 잘 알 수 있다. 여러분이 지금 무언가에 대해 혹은 누군가에 대해 엄청나게 화가 났다고 가정해 보자. 그래서 마구 모욕적인 말을 퍼부으려 한다. 그런데 그게 의외로 쉬운 일이 아니다. 하지만 이걸 한번 해보면 또 뜻밖에도 너무나 재미있는 일인 걸 알 수 있다. 이런 식의 글쓰기를 '과장법' 혹은 '하이퍼볼리'라고 한다. 발음도 재미있는 이 하이퍼볼리를 로알드는 참으로 좋아했음이 틀림없다.

> 엄마 아빠들은 못 말리는 사람들이다. 자기 아이가 상상할 수 없을
> 만큼 지독한 말썽쟁이라 해도, 부모들 대부분은 여전히 자기 아이
> 가 훌륭하다고 생각한다. 더 심한 부모들도 있다. 그 부모들은 자
> 기 아이들에 대한 사랑에 눈이 먼 나머지, 자기 아이한테 천재적인
> 자질이 있다고 억지로라도 믿으려고 든다.
> 뭐, 그렇다고 해서 크게 잘못될 건 없다. 사람 사는 모습이란 게 원래
> 그러니까. 다만 혐오스럽기 짝이 없는 아이를 두고 부모들이 똑똑하

다고 자랑을 늘어놓기 시작할 때, 우리는 이렇게 소리치고 만다.

"어이, 여기 양동이 하나 줘! 토할 거 같아!"

이 글은 『마틸다』의 맨처음 부분이다. 이런 글을 쓰는 데 있어 흥미로운 점이 하나 있다. 바로 말하는 사람을 누구로 할까에 관한 거다. 여기서 말하는 사람은 로알드 달인가? 그럴 수도 있다. 다만 마틸다는 소설 속 인물일 따름이고 그에 비해 로알드 달은 살아 숨 쉬는 현실 속의 사람이다. 대부분의 이야기책에서 이야기를 들려주는 사람은 주로 '작가인 척하는 누구'로 마치 그 이야기가 일기이거나 체험기인 듯 들려주는 형식이거나 등장인물이 아닌 '보이지 않는 누군가'가 그런 이야기꾼 노릇을 한다. 그 누군가가 신기하게도 무슨 일이 벌어지고 있는지를 완전히 꿰뚫어 보면서 우리에게 들려주는 것이다.

로알드 달의 책에서 찾을 수 있는 아주 흥미로운 형식 하나는 그가 그야말로 로알드 달스러운 이야기를 들려주면서 동시에 보이지 않는 이야기꾼의 역할도 수행한다는 점이다. 같은 책에서, 심지어 같은 쪽에서 그 두 가지 일이 동시에 벌어지기도 한다. 더군다나 이런 로알드 달스러운 이야기들은 저질스럽거나 괴상망측하며 기가 막히거나 완전히 터무니없기 일쑤다.

앞의 예문은 마치 로알드 달이 같은 방에 앉아 잡담하듯 이야기를 들려주는 형식이다. 사실 이렇게 쓰는 건 아주 힘든 일이다. 왜냐하면 긴 문장을 쓰면서도 독자가 흥미를 느끼게 하기 위해서는 이렇게 이렇게 해야 한다고 기존에 알고 있던 걸 싹 다 잊어버려야 하기 때문이다. 그런 경우 대개는 긴 문장을 하나로 묶기 위해 '그러나' '그리고' '왜냐하면' 같은 온갖 수식과 접속사 들을 잔뜩 활용해야 한다. 하지만 로알드는 문장을 짧고 간결하게 만들어서 접속사를 거의 쓰지 않는다. 왜냐하면 우리가 서로 잡담을 나눌 때는 누구든 으레 그런 식으로 말하기 때문이다.

제일 첫 문장을 눈여겨보자. "엄마 아빠들은 못 말리는 사람들이다." 아무런 사전 설명 없이 뜬금없이 이 문장부터 이야기가 시작된다. 이건 마치 로알드가 생각하고 있던 걸 불쑥 내뱉는 느낌이거나, 이미 아빠, 엄마들에 대한 대화가 한동안 진행되어 그 중간쯤에 나온 말 같은 느낌이다. 다시 말하지만 이건 로알드가 독자들과 그저 잡담을 주고받는 듯한 느낌을 주는 형식이다.

또 하나의 로알드 달 기법을 소개하자면…… 그건 바로 '우리'라는 아주 평범한 표현을 활용한다는 것이다. 로알드는 독자들을 자기 편으로 묶어 두는 데 아주 탁월한 재주를 지녔다. '우리'라는 말을 씀으로써 그는 독자들을 친구처럼 만들어 버리거나, 그가 늘어놓는 이야기를 들으러 모여든 무리의 한 사람으로 끼어들게 만들어 버린다. 로알드가 자기 아이 자랑을 늘어놓는 부모들이 '우리'를 정말 지긋지긋하게 만든다는 데 '우리' 모두가 동의한다는 걸 정말 잘 알고서 그렇게 쓴 건 아니었다! 그는 그저, 우리가 그렇게 한다고 말함으로써 우리가 그렇게 한다고 생각하게 만들어 버린다! 작가들이 이런 수법을 쓰면, 그런데 특히 그게 재미있으면, 참 편안한 기분을 준다. 로알드 달과 다른 작가들은 '여러분' 이라는 표현도 비슷하게 쓴다. 가령 내가 "알죠? 그거 있잖아요, 여러분. 아파서 침대에 누워 있을 때는 말입니다"라는 글을 쓴다면, 난 단번에 당신을 알고, 당신은 나를 알며, 우리 모두가 "아프다"는 같은 상황에 처한 것처럼 말하는 셈이 된다. 만약 여러분이 스탠드업 코미디언의 공연을 본다면, 그들도 같은 수법을 쓰고 있음을 알 수 있을 것이다.

이제 여러분도 로알드 달이 엄청나게 많은 것들을 『마틸다』의 첫머리에 녹여 놓았음을 알 수 있을 것이다. 이런 멋진 글쓰기 기법과 재주들을 하나로 잘 묶어 로알드는 하나의 비법을 만들어 냈으니, 그건 바로 누군가의 관심을 끄는 비법이다. 그리고 이 비법은 내게 아주 잘 통했다!

자, 이번에는 『제임스와 슈퍼 복숭아』를 펴서 내가 가장 좋아하는 부분인 5장의 끝과 6장의 시작 부분을 살펴보자.

> 제임스가 도끼를 집어들고 다시 장작을 패려고 하는데 등 뒤에서 탄성이 들렸다. 제임스는 일을 멈추고 돌아봤다.
>
> "물컹아! 물컹아! 냉큼 이리 와서 이것 좀 봐!"

"뭘 보라고?"

"복숭아 말이야!" 꼬챙이 고모가 소리쳤다.

"뭐? 복숭아?"

"그래, 복숭아! 저 맨위에 있는 꼭대기 가지에 말야. 안 보여?"

"꼬챙이 언니, 뭘 또 잘못 보고 저러시네. 저 망할 나무에 복숭아
열리는 거 본 적 있어?"

"그런데 지금 하나 달렸다니까, 물컹아! 어서 와서 보라구."

"꼬챙이 언니, 지금 날 놀리는 거지? 입에 뭐 달콤한 거 넣어 줄
것도 아니면서 왜 자꾸 군침만 돌게 하고 그래? 복숭아는커녕 꽃
도 한 번 피워 본 적이 없는 나무잖아. 맨꼭대기라고? 아무것도 안
보이는데? 진짜 웃기서…… 하하하…… 아이쿠나 세상에! 정말,
기가 차네! 저거, 진짜 복숭아잖아, 저 위에!"

"아주 크고 먹음직스러운 거!" 꼬챙이 고모가 맞장구쳤다.

"대단해, 대단해!" 물컹이 고모도 크게 외쳤다.

일이 이쯤 되자, 제임스는 천천히 도끼를 내려놓고 돌아서서 복숭
아나무 밑에 서 있는 고모들을 바라봤다.

뭔가 심상치 않은 일이 일어나겠군. 제임스는 속으로 중얼거렸다.

'지금 당장이라도 큰일이 벌어질 것 같아.'

여기서 로알드는 긴장감을 고조시키고 있다. 글을 쓴다는 건 어
쩌면 뭔가를 하나하나 풀어 전개해 나가는 것과 같다. 마치 소포

돌리기 게임처럼 말이다. 작가는 되도록 느릿느릿 무슨 일이 벌어지고 있는지를 밝힌다. 하지만 이건 긴장감 고조 기법에 관한 절반의 설명일 뿐이다. 작가는 아주 영리한 사람들이다. 하나하나 전개해서 사실을 풀어 밝히는 이들일 뿐만 아니라, 마법사나 마술사처럼 뭔가를 숨기는 사람들이기도 하다. 로알드 달이 그의 글쓰기 오두막에 앉아 있는 모습을 상상해 보시라. 그는 다음 이야기가 무엇인지 알고 있다. 그는 자신이 여러분에게 복숭아에 대해 얘기할 것임을 잘 알고 있는 것이다. 그는 그가 말하려는 그 복숭아가 '슈퍼' 복숭아라는 것도 잘 알고 있다. 하지만 글을 쓰는 과정 도중에 그는 이 놀라운 특급 비밀을 되도록 오래도록 감춰 둔다. 여러분으로 하여금 더 알고 싶어 안달이 나도록 말이다.

이런 효과를 내는 한 가지 방법은 구체적인 내용을 아주아주 천천히, 찔끔찔끔 보여주는 것이다. 앞의 인용문에서 로알드는 자신들의 눈앞에서 벌어지는 그 놀라운 사태를 차마 믿으려 하지 않는 사람들의 눈을 빌려 이런 효과를 냈다. 물컹이 고모는 말한다. "뭘 또 잘못 보고 서러시네." 그런네 뭘 착각한 사람은 바로 물컹이 고모 사신이라는 걸 우리는 아주 잘 일고 있다. 왜냐하면 우리는 이미 앞부분의 이야기를 통해 내부자 정보를 가지고 있는 상태이기 때문이다. 독자이거나 청취자이거나 시청자인 우리는 벌어지고 있는 일에 대해 등장인물들 대부분보다 더 많이 알고 있다. 그래서 때로는 너무 조바심이 나고 깊이 빠져드는 바람에 우리는, 무슨 일이 벌어지는지를 알지 못하는 이야기 속의 주인공들에게 고함이라도 질러 주고 싶은 심정이 되곤 한다. 팬터마임 공연에 푹 빠져 버린 청중들처럼 말이다.

그리곤 제임스의 독백이 등장한다. "뭔가 심상치 않은 일이 일어나겠군." 이런 부분 덕분에 우리는 주인공의 마음속으로 들어가 결정적인 내부자 정보를 얻게 된다. 그리고 우리는 이미 제임스가 무슨 생각을 하는지 잘 알고 있기 때문에, 마치 우리가 알고 있다는 걸 제임스도 알고 있는 상태처럼 되어 버린다! 이 또한 긴장감을 드높이는 방식 중 하나다. "뭔가 큰일이 벌어질 것이다"라고 말하는 데 시간을 들임으로써 실제로 그런 큰일이 벌어지기까지는 또 그만큼을 더 기다려야 한다! 이쯤 되면 우리는 조바심에 속으로 이런 외침을 지르고 있을 것이다. '어서, 어서, 벌어져 버려!' 우리는 완전히 낚인 것이다.

『제임스와 슈퍼 복숭아』의 제1장에서는 다음과 같은 사건이 벌어진다.

하루는 제임스의 아버지와 어머니가 런던에 쇼핑하러 나갔는데, 그만 끔찍한 일이 벌어지고 말았다. 런던 동물원에서 도망친 엄청나게 크고 사나운 코뿔소 한 마리가 (그것도 벌건 대낮에 사람들이 북적대는 거리에서) 제임스의 부모를 눈 깜짝할 사이에 집어삼켜 버린 것이다.

> 여러분도 충분히 상상할 수 있을지 모르겠지만, 이 사건은 그렇게 착했던 제임스의 부모님들에게는 좀 고약한 일이었다.

이건 슬픈 이야기일까, 아니면 웃기는 이야기일까? 난 이게 웃기는 이야기 같다. 로알드 달은 대체 어떻게 한 아이가 자기 부모님을 잃는 장면을 웃긴 장면으로 그릴 수 있었을까? 그는 이걸 위해 많은 재주를 부렸다. 그는 이 끔찍스런 사건이 순식간에 벌어지게 만들어 놓았다. 그는 또 이 일이 그야말로 정신 나간 방식으로, 말도 안 되는 방식으로 벌어지게 했다(코뿔소가 동물원에서 탈출하는 일 같은 게 일어날 리가 없으며, 게다가 설령 그랬다 하더라도 코뿔소는 풀을 뜯어 먹는 초식동물이지 사람을 잡아먹는 육식동물이 아니다). 로알드는 이 사건을 "좀 고약한 일"이라고 부름으로써 매듭지어 버렸다. 우리 모두가 이런 일이 비극적인 일이란 걸 잘 알고 있는데도 말이다. 이야기가 진행되면서 로알드는 제임스의 새 보호자인 물컹이 고모와 꼬챙이 고모를 소개한다.

> 두 고모는 이기적이고 게으르고 잔인했다. 두 사람은 제임스를 본 첫날부터 정말 아무 이유 없이 불쌍한 제임스에게 매질을 해대기 시작했다. 그들은 "제임스"라는 이름을 제대로 불러 주는 법이 없었다. 대신 늘 "요 구역질 나는 쥐방울 같은 놈"이라든가, 아니면 "야, 이 더럽게 성가신 놈아"라든가, 아니면 "아이고 이 구제불능

의 피조물아"라고만 불렀다. 또 하나 분명한 건, 그들이 제임스에게 가지고 놀 장난감도 주지 않고 읽을 만한 그림책이나 동화책도 주지 않았다는 사실이다. 제임스의 방은 감옥처럼 삭막했다.

여기서도 로알드는 무시무시한 일을 웃기게 만들어 버린다. 제임스는 잘못한 게 전혀 없고 그 어떤 벌도 받아야 할 이유가 없지만, 그래도 그는 이모들에게 두들겨 맞았다. 그런 탓에 우리는 대번에 제임스를 불쌍하게 여기게 되고 이 이야기가 부디 해피엔딩으로 끝나기를 바라게 된다.

그뿐만이 아니다. 로알드는 우리가 늘 한결같이 제임스의 편에 서 있게 하려고 애를 아주 많이 썼다. 어쩌면 이것이야말로 그의 글쓰기와 관련해 가장 중요한 사항일지도 모른다. 그의 책을 읽는 독자는 매번 지독하게 사악한 어른들의 반대편에 있는 어린아이들 편에 서기 마련이다. 어떤 어른들은 그의 책이 이런 점에서 아주 충격적이라고 지적하기도 하며, 아주 고약하다고 꼬집기도 한다. 하지만 어린이 수백만 명은 이런 점을 즐거워한다. 아이들은 거기에 흥분해 장난기를 일으키거나 살짝 위험한 지경에 빠지기도 한다.

나는 『제임스와 슈퍼 복숭아』를 보면서 특히 어떤 동화 하나가 떠올랐다. 그건 바로 『신데렐라』다. 불쌍한 신데렐라처럼 제임스도 무섭고 흉한 누이 두 명에게 시달렸다. 작가들은 이야기를 쓸 때, 그 이전에 쓰여진 이야기들로부터 완벽하게 도망칠 수 없다. 특히 동화처럼 아주 유명한 이야기들은 늘 새 이야기를 쓰는데 영향을 미친다. 그건 마치 '옛날이야기들'이라는 귀신에 시달리는 것과도 같다. 작가들이 글을 쓸 때면 옛날이야기라는 귀신이 그 글에 출현하는 것이다. 그러면 우리는 마치 어떤 방에 들어갔을 때 그 방 안에 있는 가구들이 아주 익숙하게 느껴지는 것처럼, 새 이야기 속에서도 한결 편안한 기분을 느낄 수 있게 된다. 그리고 옛 이야기와 새 이야기 사이의 차이점 덕분에 좀 더 놀라면서 좀 더 재미있게 책을 읽게 되기도 한다. 로알드 달은 이런 사실을 아주 잘 알고 있었던 것 같다.

로알드 달은 환상적인 것과 기가 막힌 것을 다루는 데 특별한 재주를 보였다. 그의 책에는 거의 예외 없이 기이하고 별나며 괴상야릇한 것들이 등장한다. 그는 심지어 '환상적'이라는 표현을 자기 책의 제목에다 쓰기도 했다(그리고, 흠, 나도 그랬다). 이런 환상적이고 기가 막힌 줄거리들은 종종 믿기 힘든 구상이나 계획으로 이어지기도 했다. 내가 가장 좋아하는 장면 중 하나는 『우리의 챔피언 대니』에 등장한다.

……아빠가 안으로 들어와서 천장에 매달려 있는 기름 램프에 불을 붙였다. 해가 저무는 시간이 점점 빨라지고 있었다.
"그래, 오늘 밤엔 어떤 이야기를 해 줄까?" 아빠가 말했다.
"아빠, 잠깐만요." 내가 말했다.

"왜 그래?"

"뭐 좀 여쭤 봐도 돼요? 방금 무슨 생각이 좀 떠올라서요."

"말해 봐라." 아빠가 말했다.

"아빠가 병원에서 돌아왔을 때 스펜서 의사 선생님이 아빠한테 수면제가 든 병을 준 거, 기억하시죠?"

"난 그런 거 안 먹어. 그런 종류의 약, 너무 싫어."

"네, 그런데 그 약이 혹시 꿩한테 효력이 있지는 않을까요?"

아빠는 실망한 듯 고개를 가로저었다.

"잠깐만요." 내가 말했다.

"소용없어, 대니. 이 세상에 있는 그 어떤 꿩도 그렇게 끔찍하게 생긴 시뻘건 캡슐을 꿀꺽 삼키지는 않는단다. 너도 그 정도는 알고 있을 텐데."

"아빠, 건포도가 있잖아요. 건포도!"

"건포도? 건포도가 무슨 상관인데?"

"자, 잘 들어보세요." 내가 말했다. "그러니까 말이죠. 건포도를 사서, 불룩해질 때까지 물에 불리는 거예요. 그런 다음 면도날로 건포도 한 쪽을 싹 가르는 거죠. 그리고 속을 조금 파내고 그 시뻘건 약을 열어서 캡슐 안에 들어 있는 가루약을 건포도 속에 집어넣는 거예요. 그런 다음 바늘하고 실로 구멍을 아주 조심스럽게 꿰매는 거죠……."

곁눈질로 아빠를 살짝 살펴보니, 아빠의 입이 천천히 벌어지고 있었다.

여기서도 로알드는 긴장감 드높이기 비법을 쓰고 있다. 처음엔 어른이 아이의 말을 믿지 않는다. 하지만 보다 많은 내용들이 야금야금 공개되면서 분위기가 조금씩 바뀐다. 물론 그 사이에도 공개되지 않고 감춰진 다른 내용들은 존재한다. 마법사의 요술이 다시 등장한 것이다. 이번에 공개되는 내용은 아마도 로알드가 우리로 하여금 아껴 주라고 일러 준 그 주인공 대니의 삶을 보다 좋이끼게 할 듯하다. 그건 '환상적인' 계획이지만, 정신 나간 짓이자 말도 안 되는 짓, 괴상 야릇하다 못해 아예 불가능한 짓이기도 한데…… 그런데, 잠깐만! 가능할 수도 있지 않을까? 만약, 만약에, 그게 가능하다면, 그건 얼마나 좋은 일이 될까?

만약 작가가 독자들로 하여금 어떤 일이 가능했으면 좋겠다고 바라게 만들 수 있다면, 그런 작가는 아주 훌륭한 작가라고 나는 생각한다. 그리고 로알드 달은 이런 일을 해내는 데 그야말로 귀재였다. 책을 한 장 한 장 넘길 때마다, 그의 다음 책을 읽을 때마다, 우리는 그런 생각에 빠져 버리니까 말이다.

로알드에 대해 내가 들려 줄 이야기는 대충 이 정도인 것 같다 어떻게, 충분하신지?

로알드 달의 오두막

세계 최고의 동화가 탄생한 작업실

1

그 오두막은 로알드가 한때 방문했던 작가 딜런 토마스의 집필용 오두막을 그대로 본뜬 것이다.

2

이 벽돌집은 폴리스티렌 시트로 단열을 했고, 천장에 대롱대롱 위태롭게 매달린 신기한 장치로 난방을 했다. 출입문은 로알드가 좋아하는 색이 칠해져 있었다. 그렇다. 그 문은 노란색이었다.

3

로알드는 이 오두막 안의 탁자 위에 수많은 기념품을 뒀다. 그중 하나는 300그램 무게의 테니스공만 한 은색 공이었다. 이건 그가 런던에서 일할 때 매일 먹었던 초콜릿 바의 은색 포장지들을 한데 뭉쳐 만든 것이다.

4

그 탁자 위에는 넙적한 골반뼈도 하나 올려져 있었다. 실제로 [엉덩이뼈 수술을 하면서] 그의 몸에서 떼 낸, 실물 그대로의 진짜 골반뼈였다.

5

이 오두막의 외벽 중 한군데는, 로알드가 매달 불을 피워 댄 바람에 시커멓게 얼룩져 있다. 그 불길 속에서 로알드의 손글씨가 어지럽게 쓰인 노란색 종이 휴지들이 연기 속으로 사라졌다.

6

로알드는 자기 오두막을 이렇게 평했다. "거긴 진짜 멋진 곳이었어요. 외딴 곳이면서 조용했죠."

7

그는 이 오두막에서 오전 10시 30분부터 정오까지 일했다. 점심시간이 되면 손에서 일을 놓고 밥도 먹고 낮잠도 즐겼다. 오후 4시부터 6시까지 다시 일을 했다. 주중에는 이 시간표를 거의 정확하게 지켰다.

8

그 오두막은 로알드 달이 남겨 둔 상태 그대로 지금도 남아 있다. 재떨이 위에 남겨 둔 그의 담배꽁초도 그대로이고, 휴지통도 거의 꽉 찬 상태로 남겨져 있다. 그래서 로알드가 금방이라도 불쑥 튀어나올 것 같은 느낌이다.

9

로알드는 이 오두막을 한 번도 청소한 적이 없었다.

10

진짜 오두막은 그레이트 미센덴에 있는 로알드 달 박물관 겸 스토리센터로 옮겨졌다. 로알드 달의 팬이라면 자신들이 좋아하는 책이 쓰여진 바로 그 장소를 방문해 볼 수 있다는 뜻이다.

누구나 작가가
될 수 있다

    내가 로알드 달을 마지막으로 본 건 1988년의 어느 행사에서였다. 그의 작품 『마틸다』로 아동도서연합이라는 단체가 주는 아동도서상을 받는 자리였다. 나도 그 자리에 초대를 받아 로알드에게 인사를 하러 갔다. 로알드는 그의 아내 리씨 곁에 앉아 있었다. 여러 사람들이 그에게 다가와 사인을 받아 갔고 자신들이 그의 책을 얼마나 좋아하는지를 이야기했다. 그러다 로알드는 내 쪽을 쳐다보며 이렇게 말했다(그건 마치 이 세상의 다른 모든 어린이책 작가들에게 하는 말 같았다).

    "아이고, 이젠 당신들 차례야. 이제 글을 쓸 사람은 당신들이라고. 난 할 만큼 했으니까⋯⋯."

    당시에 난 그의 이런 말이 좀 이상하게 들렸다. 그는 아직도 건

강하고 정정해 보였다. 지금 전 세계가 그의 다음 작품이 뭐가 되었든 간에 학수고대하며 기다리고 있으니, 로알드가 그렇게 당장 글쓰기를 관둘 건 아니었다.

아무튼 그걸로 로알드의 글쓰기가 끝난 건 아니었다. 로알드는 그 뒤로도 작품들을 발표했다. 하지만 그는 크게 아픈 상태였고, 2년 뒤인 1990년에 숨을 거뒀다. 그의 나이 74세였다.

물론 로알드 달의 이야기들까지 수명을 다한 것은 아니다. 로알드의 책을 읽고 싶은 사람이라면, 그의 낭독이나 다른 성우들의 낭독을 듣고 싶다면, 눈을 동그랗게 뜨고 영화화된 그의 작품들을 보고 싶다면, 아니면 공연장에 가서 라이브 뮤지컬로 그의 작품들을 보고 싶다면, 아직도 누구든 얼마든지 그렇게 할 수 있기 때문이다.

어디 그뿐인가. 영국 버킹엄셔 주의 그레이트미센덴에 가면 로알드 달 박물관 겸 스토리센터가 손님들을 맞고 있다. 하루쯤 시간을 내서 그곳을 둘러보면 로알드 달의 삶과 관련된 갖가지 물건들을 살펴볼 수 있다. 거기엔 원래 물건들이 그대로 놓여 있는 그의 집필용 오두막도 있다.

로알드 달 '산책로'를 따라 그레이트미센덴 마을을 한 바퀴 돌면 낡은 주유 펌프처럼 그의 이야기에 등장한 곳들도 만날 수 있다. 가만…… 이 주유기가 어디에 나왔지? 무슨 이야기더라? 이게 누군가의 아버지 거였는데?

그런데 만약 여러분들 중에 로알드 달에 대해 이보다 훨씬 더 많이 알고 싶은 분이 있다면, 그 경우엔 로알드 달 박물관의 문서 도서관을 방문하면 된다. 이곳은 소설, 시, 편지, 원고, 노트, 마구 끼적인 메모 등 로알드가 직접 손으로 쓴 기록들을 모아 둔 특별한 도서관이다. 이런 기록물들은 워낙 값진 것이기 때문에 엄청나게 크고 건조한 냉장실 같은 곳에 이들을 저장해 두고 있다. 나는 이 책을 쓰면서 이 문서 도서관의 기록물들 중 일부를 수록하기도 했다. 그가 집에 있는 어머니나 누이들에게 보낸 편지, 그의 아이디어 노트에서 뽑아 낸 내용들, 그리고 그의 책을 위해 적어 두었던 초창기의 줄거리들 같은 거 말이다.

나는 이 책을 쓰면서 로알드 달이 대체 어떤 유형의 사람인지 알아보고자 많이 노력했다. 그리고 그를 그토록 놀라운 작가로 만들고, 사람들이 그를 부를 때 '환상적인 달 아저씨'라고 하게 된 커다란 힘이 무엇이었는지 밝혀 보고자 했다.

이제 로알드 달의 팬이자 최고의 이야기꾼을 꿈꾸는 여러분도 그 해답을 어느 정도 찾아냈기를 희망한다.

감사의 글

　작가와 편집자는 달 앤드 달 사(Dahl and Dahl Ltd)와 버킹엄셔 그레이트미센덴에 위치한 로알드달 박물관 및 스토리센터가 베풀어 준 도움과 지원에 깊이 감사 드린다. 아래에 소개한 자료들을 사용하도록 허락해 준 저작권자들에게도 감사 드린다.

　『보이』의 증보판(2008)에 실린 추가 일러스트들을 제공한 퀜틴 블레이크와 로완 클리포드, 『보이』(1984)에서 인용한 원문 및 일러스트들을 제공한 로알드 달 노미니 사, 『내 친구 꼬마 거인』(1982)의 본문 인용을 허락해 준 로알드 달 노미니 사, 『우리의 챔피언 대니』(1975)의 본문 인용을 허락해 준 로알드 달 노미니 사, 하퍼 앤드 브로스 출판사에서 출간한 『엉겅퀴에서 딴 첫 무화과들』에 실린 시 「첫 무화과」(1922)의 인용을 허락해 준 에

드나 성 빈센트 밀레이 소사이어티, 『홀로 서기』(1986)의 본문 인용을 허락해 준 로알드 달 노미니 사, 『제임스와 슈퍼 복숭아』(1961)의 본문 인용을 허락해 준 로알드 달 노미니 사, 『마틸다』(1988)의 본문 인용을 허락해 준 로알드 달 노미니 사, 로알드 달이 펠리시티와 함께 쓴 『로알드 달의 요리책』(1991)의 본문 인용을 허락해 준 로알드 달 노미니 사.

나는 다음의 세 책 또한 크게 참조했음을 밝힌다. 2010년 하퍼 콜린스 출판사에 의해 처음 발간된 도날드 스트로크의 책 『스토리텔러: 로알드 달의 인생(Storyteller: The Life of Roald Dahl)』. 2004년 퍼핀북스 출판사가 처음 펴낸 『디 포 달(D Is for Dahl)』. 2008년 퍼핀북스 출판사가 처음 펴낸 『보이 증보판: 로알드 달의 어린시절 이야기(More About Boy: Roald Dahl's Tales from Childhood)』.

로알드 달의 책들

그렘린 The Gremlins
1943년. 미국에서 월트 디즈니, 랜덤하우스 출판사에 의해 처음 발간.

제임스와 슈퍼 복숭아 James and the Giant Peach
1961년. 미국에서 알프레드 A. 크노프 출판사에 의해 처음 발간. 영국에서는 조지 앨런 앤드 언윈 출판사에 의해 1967년에 처음 발간.

찰리와 초콜릿 공장 Charlie and the Chocolate Factory
1964년. 미국에서 알프레드 A. 크노프 출판사에 의해 처음 발간. 영국에서는 조지 앨런 앤드 언윈 출판사에 의해 1967년에 처음 발간.

요술 손가락 The Magic Finger
1966년. 미국에서 하퍼 앤드 로 출판사에 의해 처음 발간. 영국에서는 조지 앨런 앤드 언윈 출판사에 의해 1968년에 처음 발간.

멋진 여우 씨 Fantastic Mr Fox
1970년. 조지 앨런 앤드 언윈 출판사에 의해 처음 발간.

찰리와 거대한 유리 엘리베이터 Charlie and the Great Glass Elevator
1972년. 미국에서 알프레드 A. 크노프 출판사에 의해 처음 발간. 영국에서는 조지 앨런 앤드 언윈 출판사에 의해 1973년에 처음 발간.

우리의 챔피언 대니 Danny the Champion of the World
1975년. 조너선 케이프 출판사에 의해 처음 발간.

기상천외한 헨리 슈거 이야기 외 6편 The Wonderful Story of Henry Sugar and Six More

1977년. 조너선 케이프 출판사에 의해 처음 발간.

악어 이야기 The Enormous Crocodile

1978년. 조너선 케이프 출판사에 의해 처음 발간.

멍청 씨 부부 이야기 The Twits

1980년. 조너선 케이프 출판사에 의해 처음 발간.

조지, 마법의 약을 만들다 George's Marvellous Medicine

1981년. 조너선 케이프 출판사에 의해 처음 발간.

내 친구 꼬마 거인 The BFG

1982년. 영국에서는 조너선 케이프 출판사에 의해, 미국에서는 파라, 스트라우스 앤드 지루 출판사에 의해 동시 발간.

역겨운 시 Revolting Rhymes

1982년. 조너선 케이프 출판사에 의해 처음 발간.

마녀를 잡아라 The Witches

1983년. 영국에서는 조너선 케이프 출판사에 의해, 미국에서는 파라, 스트라우스 앤드 지루 출판사에 의해 동시 발간.

무섭고 징그럽고 끔찍한 동물들 Dirty Beasts

1983년. 미국에서 파라, 스트라우스 앤드 지루 출판사에 의해 처음 발간. 영국에서는 조너선 케이프 출판사에 의해 1984년 처음 발간.

보이: 로알드 달의 어린시절 이야기 Boy: Tales of Childhood
1984년. 영국에서는 조나단 케이프 출판사에 의해, 미국에서는 파라, 스트라우스 앤드 지루 출판사에 의해 동시 발간.

기린과 펠리와 나 The Giraffe and the Pelly and Me
1985년. 영국에서는 조너선 케이프 출판사에 의해, 미국에서는 파라, 스트라우스 앤드 지루 출판사에 의해 동시 발간.

로알드 달의 위대한 단독 비행 Going Solo
1986년. 영국에서는 조너선 케이프 출판사에 의해, 미국에서는 파라, 스트라우스 앤드 지루 출판사에 의해 동시 발간.

찰리와 윌리 웡카 씨의 모험 The Complete Adventures of Charlie and Mr Willy Wonka
1972년. 언윈 하이먼 출판사에 의해 처음 발간. 『찰리와 초콜릿 공장』(1964)과 『찰리와 거대한 유리 엘리베이터』(1972) 두 권을 합본한 책.

마틸다 Matilda
1988년. 조너선 케이프 출판사에 의해 처음 발간.

이야기가 맛있다 Rhyme Ste
1989년. 조너선 케이프 출판사에 외해 처음 발간.

아북거, 아북거 Esio Trot
1990년. 영국에서는 조너선 케이프 출판사에 의해, 미국에서는 바이킹 펭귄 출판사에 의해 동시 발간.

다음의 책 세 권은 1990년 그가 숨을 거두기 전 집필을 끝낸 책이다. 하지만 책이 발간된 건 그가 세상을 떠난 뒤였다.

민핀 The Minpins
1991년. 조너선 케이프 출판사에 의해 처음 발간.

거꾸로 목사님 The Vicar Of Nibbleswicke
1991년. 랜덤 센츄리 출판사에 의해 처음 발간.

나의 생 My Year
1993년. 조너선 케이프 출판사에 의해 처음 발간.

1990년 로알드가 세상을 떠난 후에 발간된 책들은 미발간 기록물과 책으로 출간된 작품을 여러 형태로 엮어 새로 만들어졌다.

놀라운 자동 문법기 외 단편 모음집 The Great Automatic Grammatizator and Other Stories
1996년. 바이킹 출판사에 의해 처음 발간.

로알드 딜의 보석 같은 작품들 The Roald Dahl Treasury
1997년. 조너선 케이프 출판사에 의해 처음 발간.

스킨 외 단편 모음집 Skin and Other Stories
2000년. 퍼핀북스 출판사에 의해 처음 발간.

디 포 달 D Is for Dahl: A Gloriumptious A-Z Guide to the World of Roald Dahl
2004년. 조너선 케이프 출판사에 의해 처음 발간.

노래와 시 Songs and Verse
2005년. 조너선 케이프 출판사에 의해 처음 발간.

보이 증보판 More about Boy
2008년. 새로운 자료를 덧붙인 증보판으로, 퍼핀북스 출판사에 의해 처음 발간.

점박이 파우더와 여러 번지르르한 비밀들 Spotty Powder and Other Splendiferous Secrets
2008년. 퍼핀북스 출판사에 의해 처음 발간.

몇몇 로알드의 소설들은 멋진 희곡으로 각색되기도 했는데, 그 작품들의 목록은 아래와 같다.

찰리와 초콜릿 공장: 희곡 Charlie and the Chocolate Factory: A Play
1976년. 리처드 조지 각색. 미국에서 알프레드 A. 크노프 출판사에 의해 처음 발간. 영국에서는 피핀북스 출판사에 의해 1979년에 처음 발간.

제임스와 슈퍼 복숭아: 희곡 James and the Giant Peach: A Play
1982년. 리처드 조지 각색. 퍼핀북스 출판사에 의해 처음 발간.

멋진 여우 씨: 희곡 Fantastic Mr Fox: A Play
1987년. 샐리 레이드 각색. 언윈 하이먼 출판사와 퍼핀북스 출판사에 의해 동시 발간.

내 친구 꼬마 거인: 어린이 연극용 희곡 The BFG: Plays for Children
1993년. 데이비드 우드 각색. 퍼핀북스 출판사에 의해 처음 발간.

마녀를 잡아라: 어린이 연극용 희곡 The Witches: Plays for Children
2001년. 데이비드 우드 각색. 퍼핀북스 출판사에 의해 처음 발간.

멍청 씨 부부 이야기: 어린이 연극용 희곡 The Twits: Plays for Children
2003년. 데이비드 우드 각색. 퍼핀북스 출판사에 의해 처음 발간.

우리의 챔피언 대니: 어린이 연극용 희곡 Danny the Champion of the World: Plays for Children
2009년. 데이비드 우드 각색. 퍼핀북스 출판사에 의해 처음 발간.

로알드 달의 생애

1916년 9월 13일, 웨일스의 한다프에서 로알드 달이 태어난다.

1925년 웨스턴슈퍼메어에 있는 기숙 학교인 세인트피터스에 입학한다.

1929년 두 번째 기숙학교인 렙튼으로 진학한다. 바로 여기서 그는 캐드버리스 사의 초콜릿 신상품들을 시식하는 데 참여하며 초콜릿의 세계에 발을 들여놓기 시작한다. 그가 좋아한 제품으로는 에어로, 크런치, 킷캣, 마스, 스마티즈 등이 있다.

1934년 학교를 졸업한 후 거대 정유 회사인 쉘 사에 취직한다. 그가 취직한 이유는 마법 같은 힘으로 그를 끌어당기는 아프리카나 중국 같은 머나먼 곳들로 여행하고 싶었기 때문이다.

1936년 쉘 사가 로알드 달을 동아프리카로 파견한다. 그는 그곳의 뱀들을 정말 싫어한다.

1939년 로알드 달은 제2차 세계대전이 벌어지자마자 영국 공군(RAF)에 입대한다. 그는 전투기 조종사로 훈련받은 뒤 허리케인 비행기를 몰고 지중해 위를 날아다니며 작전을 펼친다.

1940년 로알드의 달의 비행기가 북아프리카의 리비아사막에 추락한다. 그는 머리, 코, 등에 심한 부상을 입는다.

1942년 로알드는 미국에 있는 영국 대사관에서 일하기 위해 대서양을 건너는 배에 오른다(로알드는 사실 스파이이기도 했다!). 그가 쓴 첫 성인용 소설이 잡지에 실린다. 로알드는 어린이용 첫 소설도 쓰는데, 그렘린이라고 불리는 장난꾸러기들을 주인공으로 한 이야기이다. 월트 디즈니가 이 이야기를 영화로 만드는 작업을 시작하면서 로알드는 할리우드로 간다.

1943년 영화는 계획된 대로 진행되지 못하고 정체 상태에 빠진다. 『그렘린』이 미국과 영국, 호주에서 책으로 출간된다. 이것이 그의 첫 책이다.

1953년 로알드의 스릴 넘치는 성인용 소설인 『당신 같은 어떤 사람』이 미국에서 출간되어, 엄청난 베스트셀러가 된다.

1961년 미국에서 『제임스와 슈퍼 복숭아』가 발간되고, 이어서 1964년에는 『찰리와 초콜릿 공장』이 출간된다. 두 권 모두 나오자마자 어린이들이 환호하는 히트 상품이 된다.

1967년 마침내 영국에서도 『제임스와 슈퍼 복숭아』『찰리와 초콜릿 공장』이 발간되어 이제껏 가장 큰 성공을 거둔 최고의 유명 작품이 된다.

1971년 찰리를 주인공으로 한 첫 영화가 『윌리 웡카와 초콜릿 공장』이라는 이름으로 만들어진다. 다른 영화들도 속속 이어진다. 『내 친구 꼬마 거인』과 『우리의 챔피언 대니』가 1989년에, 『마녀를 잡아라』가 1990년에, 『제임스와 슈퍼 복숭아』와 『마틸다』가 1996년에 영화로 만들어지고, 2005년에는 『찰리와 초콜릿 공장』이 조니 뎁을 주연으로 하여 새로 만들어진다.

1978년 로알드 달의 책에 삽화가 퀜틴 블레이크의 그림이 실리기 시작한다. 두 사람이 함께 펴낸 첫 책은 『악어 이야기』이다.

1990년 11월 23일, 로알드 달이 74세의 나이로 숨을 거둔다.

2006년부터 매년 9월 13일 로알드 달의 생일을 맞아 전 세계에서 로알드 달의 날 행사가 열린다. roadldahlday.info를 방문하면 이 흥미로운 행사의 면면을 볼 수 있다.

로알드 달의 어록

"친절함이야말로 인간이 가진 덕목 중에 최고가 아닌가 해요. 대담함? 용기? 아량? 그 어떤 것들보다 친절함이 제게는 항상 우선이죠. 여러분은 친절한가요? 그럼 그걸로 충분해요."

"저는 100퍼센트 확신해요. 대부분의 어른들이 다섯 살에서 열 살 사이의 어린시절이 어땠는지를 완전히 까먹어 버린다는 걸 말입니다……. 저는 그 무렵의 어린 시절이 어땠는지 또렷하게 기억해요. 아주 또렷하게 말이죠."

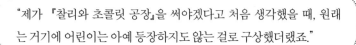

"제가 『찰리와 초콜릿 공장』을 써야겠다고 처음 생각했을 때, 원래는 거기에 어린이는 아예 등장하지도 않는 걸로 구상했더랬죠."

"만약 내 맘대로 할 수 있다면, 저는 달력에서 1월을 아예 없애 버리고 그 대신 7월을 하나 더 넣고 싶어요."

"여러분에게 유머만 있다면 어린이들을 위한 글을 어떤 내용으로든 쓸 수 있어요."

옮긴이_ 박유안

서울과는 사뭇 다른 말을 쓰는 경상도에서 자라나 1980년대 말 낯선 서울 생활에 적응해가
나 싶을 무렵, 진짜 희한한 영어를 쓰는 더 낯선 런던으로 떠나 오래도록 머물다 왔다. 그 사
이 서울은 IMF의 광풍이 휩쓸고 간 뒤라 또 훌쩍 달라져 있었다. 그런 서울로 돌아올 때 쟌
모리스라는 작가를, 그 작가의 책을 데려와 번역해 펴내기 시작했다. 그 사이 서울이라는 데
뿌리내리고 살기보다는 틈만 나면 세계 곳곳을 기웃거리고픈 성정이 싹텄고, 그런 쪽 책을
만드는 걸로 그런 역마살을 달랬다. 쟌 모리스를 비롯해 영국 소설가 데이비드 니콜스, 그리
고 이번에 번역한 로알드 달까지. 유독 영국 작가들과의 인연이 많은 것을 보면 아무래도 늘
안테나를 그쪽으로 세우고 있음이다. 여전히 BBC 악센트에 묘한 편안함을 느낀다. 훗날 '쟌
모리스의 아름다운 명문을 번역한 작가'로 기억되고 싶은 소망을 지녔다. 밤에는 주로 땅고
추며 논다. 맘 놓고 편히 춤출 수 있는 신나는 세상을 염원한다.
번역한 책으로는 쟌 모리스의 『50년간의 유럽여행』 『50년간의 세계여행』 및 『혁명만세』 『원
데이』 『어스』 『안젤리나 졸리의 아주 특별한 여행』 등이 있다.

로알드 달은 스파이, 전투기 조종사, 초콜릿 전문가, 의료기기 발명가였습니다.
『찰리와 초콜릿 공장』 『마틸다』 『The BFG』 등을 써서
전세계 어린이들을 환상의 세계로 안내했고요.
그렇게 로알드 달은 세계 최고의 이야기꾼으로 우리 모두의 삶에 살아 있습니다.

로알드 달은 말했습니다.
"만약 당신이 훌륭한 생각을 한다면
그것은 얼굴에서 밝게 드러날 거예요!
그리고 항상 사랑스러워 보일 거예요."

우리는 선행의 힘을 믿습니다.
그래서 로알드 달의 모든 저작물 판매 수익금 중 10%는 자선 활동에 쓰입니다.
이 기금은 전문 간호사 육성, 도움이 필요한 가족을 위한 보조금 지급,
다양한 교육 프로그램과 봉사 활동 등에 활용됩니다.
우리가 꾸준히 좋은 일을 해나갈 수 있도록 도와주어서 고맙습니다.
자세한 내용은 로알드 달 공식 홈페이지(www.roalddahl.com)에서 확인할 수 있습니다.

로알드 달 자선 재단은 영국 등록 단체입니다(no.1119330).
모든 저작물의 수입은 제3부문 지불 방법을 통해 쓰입니다.

세계 최고의 동화는 이렇게 탄생했다

펴낸날	**초판 1쇄 2016년 9월 26일**
	초판 2쇄 2018년 9월 11일

지은이	**마이클 로젠**
그린이	**퀜틴 블레이크**
옮긴이	**박유안**
펴낸이	**심만수**
펴낸곳	**(주)살림출판사**
출판등록	1989년 11월 1일 제9-210호

주소	**경기도 파주시 광인사길 30**
전화	**031-955-1350** 팩스 **031-624-1356**
홈페이지	http://www.sallimbooks.com
이메일	book@sallimbooks.com

ISBN	978-89-522-3466-7 43800

살림Friends는 (주)살림출판사의 청소년 브랜드입니다.

※ 값은 뒤표지에 있습니다.
※ 잘못 만들어진 책은 구입하신 서점에서 바꾸어 드립니다.

이 도서의 국립중앙도서관 출판시도서목록(CIP)은 서지정보유통지원시스템 홈페이지
(http://seoji.nl.go.kr)와 국가자료공동목록시스템(http://www.nl.go.kr/kolisnet)에서
이용하실 수 있습니다.(CIP제어번호: CIP2016022306)